# レンタルフレンド

Rental Friend

青木祐子

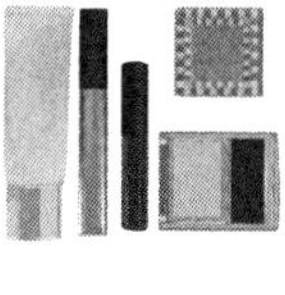

集英社

装画　げみ
装丁　織田弥生

レンタルフレンド　もくじ

# 第一話　バニラクッキーは砕けない

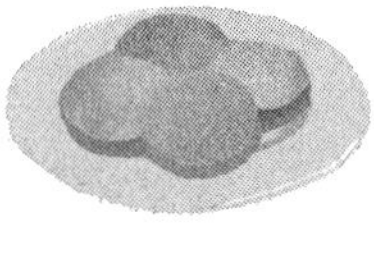

「すみませーん、こっちにもワゴン、持ってきてもらっていいですか？」

七実《ななみ》は少し離れた席にいるウエイトレスがこちらに目をやると同時に、すばやく手をあげて言った。

平日とはいえ秋の午後二時。美味《おい》しいと評判のホテルでのデザートフェアとなると、フロアはほぼ満席である。ウエイトレスにも余裕がなくて、うまくタイミングを計らないと呼ぶ声が届かない。

フロアの中央はブッフェになっていて、ホワイトとブラックのチョコレートファウンテンが芸術品のように並んでいる。そのまわりにはフルーツとパン、クラッカー、焼き菓子、マシュマロ、カットケーキなどがとりまき、照明に照らされてキラキラと光っている。

しかし、それは飾りのようなもの。本当に手のかかったスウィーツはブッフェにはなく、ウエイトレスがワゴンに載せてまわっている。そういうシステムになっているのである。食べ放題で値段は変わらないから、できるならケーキはワゴンのほうから選びたい。

きっと香住《かすみ》はそういうわずらわしさを見越して七実に仕事を頼んだのだろう。このレストランに来て三十分。香住は一回もウエイトレスに声をかけていない。どうやらタイミングがわからないらしい。

混みあったカフェやレストランでウエイトレスと目を合わせるのは、七実の特技のひとつだ。

「いっぱいあるなー。いちごのタルトもいいけど、いちじくのゼリーもおいしそう。かすみんは何がいい？」

銀色のワゴンの上にはケーキのほかに、グラスに入ったゼリー、プリン、アイスクリームのケースがしつらえてある。七実はワゴンを眺めながら香住に尋ねた。

香住はワゴンのケーキと、七実の顔を眩《まぶ》しそうにちらちらと見比べている。

「あたしは……。クラシックショコラと、ティラミスと……。ここ、プリンがおいしいらしいんだよね。食べたことないけど」

「プリンとティラミスだったらどっちがおすすめですか？」

七実は少し首をかしげて尋ねた。

「どちらもおすすめですけど、ティラミスはミラノ産のマスカルポーネチーズを使っています。作りたてで新鮮ですよ」

制服姿のウエイトレスは微笑《ほほえ》みながら言った。

ベテランらしく言葉がなめらかだ。たとえ香住がノーメイクで、天然パーマの前髪がかかった額《ひたい》に玉のような汗をかいていようとも、ピンク色のカットソーのサイズがあっていなくて腕と胸とその下の腹までがぱんぱんになっていようとも、近くにいる上品なマダムたちと同じように扱ってくれる。

香住は学生なのできちんとした接客に慣れていないようだった。せっかく一流ホテルに来たのだから、こういう雰囲気を楽しんでもらいたい。

「プリンは？」

「プリンもおいしいですよ。有精卵、ミルク、お砂糖しか使っていません」

「ふうん。素材がシンプルなのっていいよね。たくさんいただいてもいいんでしょうか？」

「召し上がれるならいくつでもお選びください」

「かすみん、じゃあ好きなだけもらっちゃえば？　わたしもそうする。いちじくのゼリーと、プリンをお願いします。――あ、プリン、その右端のやつにしてください」

「バニラアイスクリームはおつけしますか？」

「お願いしまーす」

七実は無邪気に言ったが、その実なるべく量とカロリーが少なそうなものを選んでいる。今日はランチ抜きなのだが、さすがに太りそうで怖い。

とはいえ食べないわけにはいかない。連れの七実が食べなくては香住が食べづらいだろう。

「そちらさまは何になさいますか？」

「あ、えーと、ティラミスと、クラシックショコラとプリン。あ、あとアイスクリームも」

ウエイトレスがゆっくりとケーキとゼリーを皿に移した。小さなディッシャーでアイスクリームを飾りつけ、横に三角形のウエハースを添える。

最初に七実はふたつ、香住は三つのケーキを注文した。七実のチョコレートケーキは半分香住にあげたから、香住はここまでで六つ半のスウィーツを食べるということになる。

小ぶりなサイズとはいえよく食べられるなと七実は感心し、向かいに座っている香住の丸っこい手を眺める。

身長は百六十センチの七実よりもやや低いくらいだった。体重は六十キロより下ということはない――下手したら七十キロはあるかもしれない。人が苦手らしく、少しおどおどしている。

もちろんそんなことには七実は慣れている。

香住の依頼ランクは『竹』。ふたりで楽しく遊びに行きましょう、だ。時間は四時間、経費別で三万円。ちなみに『梅』は写真撮影や、少し会ったりLINE《ライン》をするだけのショートコース、『松』は依頼者以外の人と会ったり、さくらとして何かに出席するコースである。男性は受け付けていない。松竹梅どれを選ぶにしろ、友達をレンタルしようと思う時点で、依頼人は濃密な人間関係を築くのが不得意な女性ばかりである。

村本《むらもと》香住は二十二歳、都内のマンモス大学の四年生である。内気な優等生タイプだが、評判のデザートブッフェに誘える友達がいないということは、ひょっとしたら孤独な学生生活を過ごしてきたのかもしれない。太ったのもそのせいなのかもしれない。

香住は七実に望むキャラクターの属性で、名門女子大生という欄にチェックを入れてきた。備考欄で、高校時代の友人と久しぶりに会う感じ、と。どうやら付き合いの長い親友に憧れているようだ。

七実は期待を裏切らないよう、今日はお嬢さん風のセミロングヘアで清楚《せいそ》にいくことにした。二十六歳だが童顔なので女子大生風ならまだいける。

メイクはナチュラル、水色のブラウスとフレアスカート、ブラウンのパンプス、革のトートバッグ。合コンだったら量産型と言われるが、こういう雰囲気のオファーがいちばん多く、七実にとっても得意なジャンルである。

希望のルックスになれないからという理由で仕事を断ったのは、女子高校生を希望されたときだけだ。事務所の社長である与里子《よりこ》が勝手に断ってしまったのだが。遠目なら大丈夫だったのではなかろうかと七実は思っている。

レンタルフレンド、派遣フレンドさん、仮友。与里子はいろいろな呼び方をするが、七実は単なる付き添いの人材にはなりたくない。たとえその場限りでも友達になって、お互いに楽しく誇らしい気持ちで過ごす。それが七実の仕事におけるポリシーである。

プロであるからには、アマチュアよりも完璧でなくてはならない。

「それでさ、かすみん。もっといろんなこと教えてよ。久しぶりに会ったんだから。四年生っていうことは、就活してるの？　もう決まった？」

プリンとケーキの皿を置いてウエイトレスが去ってしまうと、七実は身を乗り出すようにして香住に尋ねた。

「うん……それは。決まったんだけど」

ティラミスを大きく切り分けながら、若干《じゃっかん》言いにくそうに香住が言った。

「よかったね！　おめでとう、じゃあ今日はお祝いだね」

七実はプリンのスプーンを置き、小さく手を叩いた。

内心ほっとしている。

大学四年生の秋に、友達をレンタルしてケーキを食べまくる——というのは、事情があるのかもしれないと警戒していたのである。

香住の依頼はメールだったので面談をしていなかった。時期的に、就職が決まったので社会人になる前にやり残したことをやっておくのかな？　と思った。だが今日、ウエイトレスに声すらかけられない香住を見て、ひょっとして、失恋をしたり、資格試験に落ちたり、就職が決まらなくてやけくそになっている可能性もありうるなと思った。

会話の中でプライベートなことに触れないわけにはいかない。話すために呼ぶ人もいるからだ。もちろん嫌がったらそれ以上は踏み込まないが、このあたりは切り出し方、話の持っていき方にも気をつかう。

もしも香住が就活中なのだったら、頑張りすぎないでね、人っていろんな生き方があっていいよね、わたしはどんなかすみんでも好きだよ、という言葉を用意していた。

「どこ？　って、聞いてもいいのかな？」

「うん。七《なな》つ丸《まる》商事」

「七つ丸」

七実は思わず口の中にあったプリンを飲み込んだ。

「――そうなんだ！　すごいね、大手じゃない」

「うん……。自分でも不思議なんだけど……。面接官のひとりが、あたしの英語の論文を読んだことがあったみたいで……。本当に、なんで入れたのか不思議なんだけど」

香住はぼそぼそと言った。

英語の論文って、つまり海外組。エリア職じゃなくて総合職か。それとも研究所か。コネ入社でも容姿入社でもなくて。

七実は、ティラミスをあっという間に平らげてクラシックショコラをほおばる香住を見る。

名門商社に就職が決まったことを自慢したいわけではないらしい。枕詞《まくらことば》にいちおうともつけなかった。七実が七つ丸商事にいたときには、自分が七つ丸商事にいるというのを勲章《くんしょう》のようにして、「いちおう七つ丸商事」と言いながら合コンに出まくっていた同僚もいたものだが。七実を含めて。

「なんでって、かすみんの力があったからだよ。英語の論文とかすごいね」

「書くのだけはね、昔から得意だったの。あたし、昔、親の都合で、アメリカとインドネシアにいたの。多分、そのおかげで入れたんだと思う」

「帰国子女なんだね」

「うん。だから、子どものときから太ってて。日本に来るまでは、そんなふうに思ったことなかったんだけど……。日本の高校に入ったら、みんなすごい細いからびっくりした」

「かすみんはかわいいよ。太っているとか関係ない。就職面接とか大変だったでしょう」

七実は言った。香住は太めではあるが、顔立ちははっきりしている。今日はほぼノーメイクだが、きちんとした格好をすれば意外と美人になるかもしれない。

「うん、ありがとう。面接ね、すごい緊張したよ。筆記はそうでもなかったんだけどね」

七実は反対である。

七実は四年前の就職活動を思い出す。昔から筆記はダメだが面接には自信があった。大学の推薦入試に合格できたのも、エリア職とはいえ七つ丸商事に就職できたのも、写真写りとキャラ作りがよかったからだと今でも思っている。

「優秀なんだなあ。頑張って勉強してきたんだね、かすみん。今はバイトとかしてるの？」

「うん、コンビニでバイトしてる」

「――なんでコンビニ？」

帰国子女で七つ丸商事に就職が決まった優秀な女子大生なんだから、もっと別の職種があるんじゃないか。いやむしろ今の時期、バイトなんかしなくてもいいんじゃないか。あと半年で嫌でも社会人になるのだから。

「あたし、これまでバイトとかしたことなかったの。でももうすぐ就職するし、人と話すの苦手だから、そういう仕事をしておこうと思って。ほかの人みたいに居酒屋とかはちょっと怖いし。役割決まっている仕事のほうが楽かなって思って」

香住は少し照れたように言った。さきほど七つ丸商事に内定したと言ったときよりも誇らしそうである。

「今は慣れたから、コンビニ楽しいよ。お金も少し貯《た》まったし、何に使おうかなって考えたの。それで、ずっと前からここ来てみたかったから、来てみようと思って」

「真面目《まじめ》なんだね。かすみん」

七実は感心した。

香住は真面目だ。何が上で何が下かなどと考えない。どんな仕事であってもさぼらず、優劣をつけず、淡々とこなしそうである。

「じゃあせっかくだから、卒業するまで遊ばないとね。今日、いっぱい食べよう。わたしも食べたい」

「うん……。あたし、遊ぶのってよくわからなくて。食べるくらいしかできないんだけど。あのね、星野《ほしの》さん」

「七実だよ。星野七実。ナナちゃんって呼んで、かすみん」

「あのね……。ナナちゃんは、どうして、この仕事をしているの？」

七実の仕事について訊《き》かれるとは思わなかった。

香住の目には邪気がなかった。本当に不思議そうである。

「うーん……。楽しいからかな？」

七実は紅茶のカップを持ったまま軽く首をひねり、いつもの答えを言った。

「でも……」

「わたし、フルーツ食べたくなっちゃった。かすみんもいる？」

カップを置いて、立ち上がる。

一緒にいる間は、仮友であることはなるべく話題にしないようにしている。

「あ、うん」

「じゃ、かすみんの分も取ってくるね」

七実は席を離れた。

巨大なチョコレートファウンテンに近づきながら、そっと香住を見る。

香住はもぐもぐと口を動かしながらスマホに目をやっている。スマホは七実がいなくなったとたんに取り出したようだ。

香住は少し変わっている。もっとも変わっていない依頼人などいないが。ぎこちないが無口というわけではない。何か屈託を抱えていそうである。もっとテンションを下げて聞く態勢をとったほうがいいのだろうか。ただ黙々と食べたいだけだったらいっそ楽なのだが。

香住が帰国子女で、七つ丸商事に内定した、そもそもマンモス大学の学生であるというのは本当だろうかと七実は考えた。最初に身分証明書を見せてもらっているので、名前と年齢は嘘《うそ》ではない。

身分証明書は運転免許証で、学生証ではなかった。

これまで仕事をしてきた上で、少なくともひとり、嘘をついている女性がいた。ママ友がいないので遊んでくれと言われ、独身の友達という設定ならとOKしたら、半日を楽しく過ごすうちに、どうやら相手の夫と子どもの話は架空らしいということに気づいたのだ。言えた義理ではないのはわかりつつも、少し背中が寒くなった。

どちらにしろ七実は今、香住の高校時代の親友である。何を言われてもそういうことにするしかない。嘘でもなんでも、依頼人に楽しさを売るのが七実の仕事である。

チョコレートファウンテンの奥のほうに、飾りのように何種類かのクッキーが置いてあった。バニラとチョコレートとオレンジピール。チョコレートクッキーに入っているチップが大きくて、香住が好みそうだ。

七実は新しい皿を取り、クッキーを二枚ずつ皿に載せた。

株式会社『クッキー&クリーム』は、女性専用の人材派遣会社である。レンタルフレンド――七実が登録しているジャンル以外にも展開しているらしいが、七実にはわからない。社長の与里子は、もしもフレンド要員の依頼が来なくなっても、七実ちゃんならそこそこの仕事は紹介してあげられるわよと言った。

七実は『クッキー&クリーム』に所属しているフレンド要員だが、社員ではない。フリーランスである。今年の夏からは七実自身もサイトを持って、多くはないが直接の顧客を抱えている。

いろいろなクッキーを食べたいでしょう、七実ちゃん。と与里子は言った。初めて六本木《ろっぽんぎ》にある与里子の事務所を訪ねたときに。

いちばん好きなのはシンプルなクッキーでも、いろんな種類があると楽しいでしょう。なくてもいいけどあったら楽しい。それって女の子のお友達と同じよ。甘くて苦くて楽しくて、無駄だけど大事なおしゃべり。どうしても必要ではないけれど、あると心が豊かになる。わたしは素敵な女性に、そういうものを与えてあげたいの。

そのとき、事務所のテーブルに四角いクッキーの缶があった。与里子の好物なのである。バラバラで買うのではダメらしい。店は違っても、必ず缶入りのクッキーだ。

クッキーのたとえはなんのこっちゃと思ったが、与里子は真剣そのものだった。意を汲《く》んでとりあえず、個人サイトの背景やメールの画像にはバニラとチョコレートのクッキーの絵を使っている。

もちろん七実だって、最初からこの仕事をしたかったわけではない。

七実はごく普通の女性会社員、七つ丸商事本社の営業部の事務員だったのである。見知らぬ女性の友達になりすましてお金をもらうとか、大学時代の自分に言ったら、呆《あき》れる以前に意味がわからなくてぽかんとされそうである。

最初は気楽なバイトだった。会社のあまり親しくない先輩から、親戚の結婚披露宴で新婦友人が足りなくて、代わりに出席してくれる人を探している。日当を出すからお願いできない？　と言われたのである。

もちろんご祝儀は前もって渡しておくし、美容院代も払う。新婦友人席に座ってフランス料理を食べて帰ってきてくれればいいから。おいしい話でしょう？

悪い話ではなかった。その先輩に、なぜほかの女性ではなくて七実に声をかけたのかと尋ねたら、美人で口が堅そうだからと言われた。

驚いたのは披露宴の会場で、同じテーブルに座った二十代前半の女性が全員、同じようなアルバイト要員だったことだ。

人数は七実含め十人。新婦の中学、高校時代の友人ということになっていたが、本当にそうなら七実を見て、懐かしい！　ナナちゃん元気だった？　などと言うわけがない。彼女たちはテーブルの座席表の名前から、その場で呼び名をきめたのだ。ナナちゃんなどと、七実はそれまでの二十三年間で呼ばれたことがなかった。

七実にとっては全員が知らない人間である。女性たちのうち六人があまりに慣れた様子なので話は任せた。三人は慣れておらず、戸惑いながら愛想笑いをしていた。

あたりさわりのない天気の話などしながら、この三人は七実と同じく、余った席を埋めるため、個別に頼まれて座っている人間なのだろうなと思った。さくらという意味だったら、六人がプロ、七実を含めた四人がアマチュアだ。

「――あなた、こういうの初めてでしょう？」

新郎友人にしつこく二次会に誘われるのを断り、遠回りして駅まで歩いていたら、女性に声をかけられた。

年齢は四十歳前後だろうか。細身の体にグレーのスーツ、銀ぶちの眼鏡をかけて、いかにも教師といった女性だった。手には七実が持っているのと同じ、重たい引き出物をぶら下げている。

新婦の高校時代の恩師である。スピーチをしたので覚えていた。

「こういうの、といいますと……？」

うすうす察しはつきながら、七実は注意深く尋ねた。

「レンタルフレンド。かりそめの友達。聞いたことありません？　うちでは、フレンドさん、仮友さんって呼んでるのですけど」

彼女は——与里子は、ゆっくりと言った。

感動的なスピーチをした恩師までもがアルバイトだったわけである。確かに、高校の友人たちがそうなのだから、先生だけ本物を呼ぶわけにはいくまい。

レンタルフレンド。借りてきた友達。確かに数時間前まで、七実たちは新婦の仲のいい友達だった。ひとときだけ。そしてもう貸し出しは終わったのだ。

「はい。初めてです。びっくりしました」

七実は答えた。

この人はプロで、あの六人の仲間である。隠すこともないだろうと思った。

「楽しかったでしょう？」

「はい」

七瀬は素直にうなずいた。

最初はびっくりした。こういう世界があるのかと思った。でも楽しかった。不思議なことに。

友人の披露宴に出たことは一回あったが、それ以上に楽しかった。

多分、七実がいちばん年下だったからだろうが、まわりの——プロの六人は最初の三十分で、七実を末っ子キャラのナナちゃんというふうに扱うと決めたらしい。

七実はそれを受けて、中学校のときからそうやって友達に世話をやかれてきた甘えん坊、というふうにふるまった。ふるまえば思考が変わっていくもので、隣の姐御《あねご》キャラの女性に、自然に伊勢《いせ》エビの殻《から》のむき方を習った。新郎の友人がビール瓶《びん》を手にやってきたとき、ビールは飲めないんですと断ると、この子には手を出しちゃダメ、彼氏いるんだからとその姐御が断ってくれた。

ナナちゃんはよく掃除さぼっていたよねと言われて、だって掃除したくなかったんだもん！　とふくれてみせ、みんなが笑ったときなど、むやみに面白かった。即興の十人グループは近くにいた新郎の親戚に聞かせるために一致団結し、それに比べて新婦はどんなに真面目で優秀でみんなの人気者であったか、和気藹々《あいあい》と語ってみせたのである。

「わたしが手配したわけじゃないけれど、今回はあなたのおかげで成功したとマキさんが言っていましたよ。二次会に行かないのは残念ですけど」

マキというのは、七実の横に座っていた姐御肌の女性である。

披露宴の間、会話は彼女がリードしていた。マキは二次会にも行くらしい。アマチュア組は四人とも披露宴だけである。ひとりはまったく楽しくないらしく、トイレで、耐えられない、早く帰りたいとつぶやいていた。

「さすがにわたしは、これ以上やったらボロが出ます」

「予習も打ち合わせもしていないですからね」

ということは、あの六人は今日の予習と打ち合わせをしていたのか。七実はそちらのほうに驚いた。

与里子は微笑んだ。学校教師ではなくてやり手の女性社長のように見えてくる。

「新婦は中学、高校と不遇な環境で、呼べる友達がいないんですって。新郎やご両親が出身高校を気にしなくても、親戚と関係者がうるさい場合があってね。今日は事務所のフレンドさん以外の子もいるから心配だったんですよ。マキさんがいるからその場の会話は大丈夫だけど、本当のお友達から話しかけられるかもしれないしね」

「じゃあ、大学以降の友達は本物だったんですか？」

七実は尋ねた。

新婦友人席は、七実が座った以外にもふたつあったのである。大きな披露宴だった。

「もちろん。大学の看護科と看護師の仲間と、患者さんからのメッセージは本物です。あと、彼女の涙とね。あなたにはわかると思うけど、昔の友達がいたっていなくたって、彼女が素敵な女性であることは変わらないでしょう」

「そうですね」

新婦はキャンドルサービスで中学高校友人の席にまわってきたとき、ありがとうと言った。みんな、本当に、今日来てくれてありがとうと。

幸せになってねとマキが言い、ほかの女性が、これからも友達だよと言った。新婦の目から涙が流れ、新郎が白いハンカチで拭いてあげていた。

あのテーブルにあった気持ちは嘘ではなかった。なぜなら七実もあのとき、心から、見知らぬ新婦の幸せを祈ったからだ。

与里子はニコッと笑った。笑うと頬《ほお》に小さなえくぼができて、急に人なつこい顔になる。意外と童顔なんだなと七実は思った。

与里子は引き出物を重そうに左手で持ち直し、ショルダーバッグをあさった。中から名刺入れを出し、一枚を抜きとって七実に渡す。

**レンタルフレンド　コンパニオン派遣**
**株式会社　クッキー&クリーム**
**代表　南城《なんじょう》与里子**

「あなたが人見知りでなくてよかった。思っていた以上に素敵な女性だわ。こういうことを嫌う人には、何を話してもわかってもらえないですからね。これから用事ある？　お茶飲みたいんだけどいいかしら。披露宴の参加者が絶対にいないところで。わたし、あなたには才能があると思うんですよ」

要は七実は、与里子にスカウトされたのだった。派遣のフレンド要員として。

七実以外の六人もスカウトされた口だった。リーダー格の新山《にいやま》マキは女優で、子持ちの既婚者で、その当時で三十歳だった。披露宴にいたときは二十代半ばにしか見えなかったので、あとから知ってびっくりした。

最初は仕事をやりながら、休日の披露宴の穴埋め要員から始まった。七つ丸商事は有給休暇がとりやすい会社だったし、小遣い稼ぎにはちょうどよかった。

それからマキたちと一緒に集団で仕事をこなし、ひとりで『竹』、つまり依頼者と一対一のデートができるようになるまでが一年。七実を気に入って、年間契約を結びたいという女性が現れたあたりで、独立を考えはじめた。

会社を辞めてこちらに専念したいと言ったとき、与里子は反対した。

「七実ちゃん、この仕事がニッチだってことはわかってるでしょ。会社を辞めてまでする仕事じゃないのよ。マキさんだってほかの人だって、仕事や家庭や夢を持ちながら、アルバイトでやってるの。わたしもそこまで責任もてませんよ」

与里子は社長のくせにビジネスライクではない。フレンド要員に対しては必ず下の名前で呼び、たまに近所の世話焼きのおばちゃんのような説教をする。こんな仕事をしているくせに。あるいはそのせいだろうか。

「与里子さんのせいにはしません。個人のサイトを作って、できるだけ自分でやりたいと思います」

「七実ちゃんは若いし魅力的なんだから。人の結婚式に出るんじゃなくて、自分が結婚式を挙げることを考えなさいよ。そうしたらわたしが、この人こんなに人望あったのかってくらい、たくさんのギャラリーを呼んであげるから」

「結婚したら会社辞めますから同じです」

七つ丸商事の仕事は嫌いではなかった。仕事のできる会社員だったと思う。だがそのときは辞めたかったし、決めてすぐに辞めてしまったのだからやるしかなかった。

きっと七実は自分で思っているよりも荒っぽい人間なのだろう。

与里子は呆れたが最終的にはアドバイスして、いろんな手はずを手伝ってくれた。

与里子にとっても七実は手放したくないフレンド要員なのである。

お互いに仕事については協力し合うという確認をし、サイトを立ち上げたのが今年の九月。初めてサイトあてに依頼が来たのが半月前。

それまでは与里子から仕事を請け負ってきたが、個人で受けるならマージンをとられなくてすむ。直接メールが来たのは初めてだった。

ランクは『竹』、個人デートプラン。平日昼間の一時から五時までの四時間。日給は三万円、経費別。経費分は多めに最初に手渡しし、別れ際に精算する。

容姿の希望は二十二歳の女子大生風。高校時代の親友と久しぶりに会うような感じで。

行き先は、ホテルのデザートブッフェ。ここのケーキを思い切り食べてみたいけど、ひとりだと恥ずかしいので、同行をお願いします――。

その相手が今日、一緒にいる女子大生、村本香住である。


「お待たせ、かすみん！」

七実が山盛りのフルーツとクッキーの皿を持って香住のところへ戻ると、香住ははっとしたようにスマホをしまった。

どうやらSNSを見ていたようである。

「いいよスマホ見てて。ていうか写真撮ってあげようか？」

七実は言った。写真を撮るのはノルマのひとつである。

「えーいいの？」

「当たり前じゃない。せっかく来たんだから、たくさん撮ってSNSに載せようよ。あ、わたしの写真は恥ずかしいからナシね。スマホ貸してくれる？　これ持ったらかわいいよ」

取ってきたばかりの大きなチョコチップクッキーを香住に持たせてみると、香住ははにかみながら横に掲げた。その顔が思いがけずかわいらしくて、七実は思わず笑った。

「あーごめん、あまりにかわいいんで。なんだかオリンピックのメダリスト思い出した」

「こんな感じ？」

香住がそれらしいポーズをとり、七実は笑いがとまらなくなる。

「かすみん、本気でメダリストっぽい。ちょっと両手に持ってみて。チョコレートとバニラで。金銀ふたつとりましたみたいな」

「金銀ふたつってすごすぎるよね」

「すごいよねー。あ、そうやって持つと、顔のラインが隠れてちょうどいい感じ」

「痩《や》せて見える？」

「見える見える。かわいい」

七実は香住のバストアップと、チョコレートファウンテンの入った遠景と、フルーツとケーキと紅茶のカップがふたり分載ったテーブルを撮った。香住は注文したケーキを食べ終わっていたが、七実のいちじくのゼリーが手つかずだったので、なかなかいい写真が撮れた。

香住にスマホを返すと、香住は少しためらってから、思い切ったように口に出した。

「あのさ……ナナちゃんを撮ったらダメ？　誰にも見せないから」

「これならいいよー」

七実はクッキーをふたつ持って顔の上半分を隠した。

顔写真は依頼人に渡さないように気をつけている。香住は悪い人間ではないと思うが、何があるかわからない。

写真を撮り終わると、七実はいちじくのゼリーのグラスを香住の前に置いた。

「このゼリー、よかったら食べて、かすみん。わたしはフルーツ食べるから。いちご大好きなんだよね。かすみんは何が好き？　いちごとバナナにチョコレートつけちゃったけど、よかったかな？」

「うん、ありがと。バナナおいしそうだね」

「バナナはね、キャラメルとか、アーモンドクラッシュとかトッピングできるみたいだよ。チョコレートファウンテン面白かった。あとで、ふたりで行ってみようか」

「うん、チョコバナナ作ってみたい。縁日の屋台みたいだね」

「本当だねー」

香住は撮った写真のチェックをしている。

香住がやっとくだけてきたので嬉《うれ》しかった。香住はクッキーを食べ終わり、いちじくのゼリーにとりかかる。七実はホワイトチョコレートのかかったいちごをゆっくりと口に運んだ。紅茶がなくなったのでウエイトレスを探していたら、数人のグループがこちらを見ているのに気づいた。

男ふたり、女三人。大学生風のグループだった。今入ってきたばかりのようだ。男のひとりと目が合った。

彼らは不思議そうな顔で七実のテーブルを見ていたが、七実が目をやったのをきっかけに、こちらへ向かって歩いてきた。


「香住ちゃん？」

最初に声をかけてきたのは、中心にいた女性である。

香住の背中がびくりとふるえた。

「あ……沢田《さわだ》さん、こんにちは。偶然だね」

七実は沢田と呼ばれた女性を見た。

香住の顔は笑顔だが目は笑っていなかった。沢田もそうである。いやいや声をかけてきたようだった。

沢田の横には背の高い男女、そのうしろに眼鏡をかけた男性と、小柄でロングスカートを穿《は》いた女性がいる。全員、堅い雰囲気の大学生風である。どうやらこの五人は香住の知り合いらしい。

「へえ、ほんと偶然だな、同じ店に来るなんて。こちら、友達？」

沢田の隣にいた背の高い男は、香住よりも七実に目をやっている。最初に七実と目が合ったのはこの男だった。

「うん……。あのね、高校時代のね。親友なの。今日は、就職のお祝い」

香住はぼそぼそと言った。

香住からは笑顔が消え、額にまた汗が噴き出している。七実はがっくりする。やっと緊張がほぐれて、これから楽しくなるところだったのに。

そもそも香住には友達がいるんじゃないか。みんなで連れだってブッフェに来るような、楽しそうな大学生たちが。こんな仲間がいるのなら、わざわざ大金を払って友達をレンタルしなくとも、一緒に来ればよかったではないか。

それとも——つまり、そういうことなのか？

「へえ、ほんと偶然！　俺たちもそうなんだよ」

「——今日、本当は、香住ちゃんも誘おうかどうか迷ったのよ」

やや言い訳がましく、沢田が言った。

ほかのふたりの女性は気まずそうに目をそらしている。男性のほうが屈託がないようだ。

やはりそうかと七実は思った。

香住は今日、仲間たちの集まりに誘ってもらえなかったのだ。グループでひとりだけ。

「でもほら、香住ちゃん、ダイエットしてるって言ってたし、今日は米川《よねかわ》のお祝いだからさ。香住ちゃんは七つ丸商事の入社に備えて、いろいろ忙しいと思ったから」

「うん、わかってる。あたしのことは気にしないで。あたしも今日は、ずっと前から予定入ってたから、誘われても来られなかったよ。ね、そうだよね。ナナちゃん」

香住はすがるような目をしていた。七実は友達の友達に偶然出くわしてしまった女性らしく、曖昧《あいまい》な微笑を浮かべてうなずいた。

「ふうん。——こちら、名前は、なんていうの？　あー俺、米川っていいます。村本と同じゼミの」

もうひとりの眼鏡の男性が言った。ひょろりとした理系っぽい顔である。爬虫類《はちゅうるい》系の顔が好きな人にモテるのに違いない。

「星野七実です。はじめまして」

七実は座ったまま会釈《えしゃく》した。

「あのね、ナナちゃん。この人たち、ゼミの友達なの。沢田さんがゼミ長でね。一緒に論文書いてたの！」

これまでにない早口で、香住が言葉をかぶせてくる。

「ふうん。そうなんだ。いつもかすみんがお世話になっています」

「村本さん、かすみんって呼ばれてるんだ」

沢田が言った。言葉にやや棘《とげ》がある――ような気がする。

「そういえば星野さん、香住ちゃんって、高校のとき、すごく痩せてたんですって？」

少しうしろにいた、背の高い女性がいきなり言った。

ショートパンツに派手なシャツを着ている。モデルのようにスタイルのいい女性である。グループの中ではいちばん華やかだ。

「はい。そうですよ」

七実は微笑みながら香住を見た。否定していないのを確かめてから、笑顔で五人に向き直る。

「かすみんはスリムでしたよ。でもいろいろあって、ちょっと体調を崩してしまったんです。高校のときはむしろ、わたしのほうが太ってたんですよ。もう六十キロとかあって、めちゃめちゃデブだった。――えーと、写真あったかな？」

七実はバッグからスマホを取り出しながら言った。

香住は黙っている。そういうことにしていいのか。香住がゼミ友達に何を話しているのか知らないが、即興で思い出話をできるほど七実は香住のことを知らない。こういうときはほかのことに注意をひきつけるしかない。

「え、マジで？」

「信じられない。ダイエットしたの？　大学で逆転したってことじゃん！　まさに大逆転じゃん」

男性ふたりが反応した。香住が目の前にいるというのに失礼なやつらである。

七実は笑顔を消し、米川に向き直る。

「逆転とかないですよ。かすみんは今も昔もすっごくかわいいです。いっぱい助けられたし、わたしの憧れだもの。体型って、どうにもならないときもありますよ。苦労したことない人は、ダイエットすればいいって簡単に言うけど……。あーダメです。高校のときの写真、新しいスマホにないみたい。ひとつくらいあると思ったんですけど。かすみんは持ってない？」

「あたしは……高校のときはガラケーだったから、持ってない」

「あーそうだったね。あったらみんなに見せられるのにね」

「あのさ。せっかくだから、一緒にどう？　星野さんも。もっと大きいテーブルに引っ越しすればいいじゃん。な、いいよな？」

米川が沢田に向かって言った。

グループのリーダーらしい沢田は黙っている。男性ふたりは乗り気だが、女性は乗り気でない。もしかしたら今日の集まりは女性たちが主導で、男性は、香住がいないことを知らなかったのかもしれない。

「ありがとうございます、でも遠慮しときます。わたしたち、もうすぐ終わりの時間だし。会うの久しぶりだったから、積もる話がたくさんあって」

七実は笑顔で言い、香住が勢いよくうなずいた。額の汗は見てわかるくらいの玉になっている。

「じゃあ邪魔しちゃいけないね。またね、香住ちゃん」

「うん、またね」

男性ふたりは名残《なごり》惜しそうにしていたが、女性たちがうながし、賑《にぎ》やかに去っていった。

五人は少し離れたところにあるソファー席に陣取りはじめる。米川と呼ばれた男性が、ちらちらとこちらを見ている。

七実はスマホをバッグにしまい、冷めた紅茶に口をつけた。

向かいの香住はごくごくと水を飲み、額から汗を流れるままにしている。

香住は軽い会話をかわすのが下手である。与里子だったら容赦《ようしゃ》なく、あの子には才能がないと言うところだ。レンタルフレンドの才能があったところで、人に自慢できるようなものではないが。

「あの……ありがと。星野さん」

「ナナちゃんて呼んでって言ったじゃない。友達なんだから」

七実は香住の目を見て微笑んだ。

バッグからハンカチを取り出す。身を乗り出して額の汗を拭いてやると、香住は少し落ち着いたようだった。

少し離れたソファー席で、香住のゼミ仲間が楽しそうに笑っている。

「かすみん、外出たほうがいいよね。わたし、会計してくる。チョコバナナ、作れなくて残念だけど」

七実はハンカチを香住に渡し、席を立った。

「あの……本当？」

ホテルのロビーを歩いていたら、香住のほうから口を開いた。

それまでふたりとも無言だった。七実も、この事態をどう収拾すべきか考えている。

「何が？」

「昔、六十キロあったって」

まずそこなのかとつっこむわけにもいかず、七実は曖昧に笑った。

「内緒。――こういう仕事だから、ダイエットはいつもしてるけどね」

「そうか……。それで今日、たくさん食べられなかったんだね。ごめんね。食べ放題なんて誘っちゃって」

失敗した、と七実は今日初めて思った。

依頼者に気をつかわせた上、謝らせてしまうなんて。

七実がさりげなく高カロリーのものを避けて香住に分けたり、小さなものを少しずつ食べたりしていたことに香住は気づいていたのだ。最悪である。少しくらい太ったって、おいしそうなものをもりもりと食べればよかった。

「そんなことないよ、久しぶりに甘いものたくさん食べられて楽しかった。おなかいっぱいで幸せだよ」

「うん……それでね。さっきの子たちなんだけど……」

香住のほうから口を切ってくれたので助かった。

香住は下を向いているが、フロアにいたときよりもしっかりしていると思った。汗をかいていない。人がたくさんいると緊張してしまう性格なのだろう。

「大学のお友達なんでしょう？」

「うん。ゼミの班が同じなの。六人で共同執筆していたんだけど、あたしだけは書き終わってて、いちばん先に内定が出たから、ほかの人たちとぎくしゃくしちゃって……それで……」

「あの中に誰か、七つ丸商事を志望している人がいたの？」

七実は言った。

香住はびくりとした。――おかしなことである。最初から思っていた。名門商社の内定がとれたなら、もっと誇らしくてもいいはずなのだ。七実はその場限りの友達なのだから、気をつかう必要もない。思い切り自慢すればいいのだ。

なのに香住は最初から、申し訳ないことをしたような態度でいる。

「うん。米川くんと……たぶん沢田さんもそうだと思う。筆記の会場でちらっと見たから。

米川くんは二次面接までいったのかな……。だから、なんであたしだけが内定が出たのか、ほんとわからないんだよ。優秀っていったら、あのふたりだって成績いいんだから。

「今日は、米川くんの内定祝いだから、沢田さんと竹中《たけなか》さんが気をつかったんだと思う」

「今日、かすみんは、みんながあのブッフェへ来ることを知ってたの？」

七実は尋ねた。

香住は泣きそうな顔になった。

「うん……。沢田さんの友達から聞いた。あたしも誘われていると思い込んでて、行くのって……。あたしはバイトあるから行かないって答えたけど。あのブッフェ、みんなで行きたいねって話していたことがあって」

「それで、わたしを呼んだんだね」

「たぶん……話しかけてはこないと思ったんだけど……。余計なこと言わせちゃってごめんね」

「言ってくれればよかったのに」

七実は言った。

事情はわかった。香住はひとりだけ七つ丸商事の内定がとれて、グループの仲間から反感を買った。だから五人のうち女性が――おそらく沢田ともうひとりが――主導して、香住を抜いて、香住が来たがっていたブッフェに来ることにした。迂遠《うえん》な意趣返しである。

それを知った香住が、同じ日にレンタルフレンドの七実を連れて、偶然を装って仲間と会う。

あたしにはほかにも友達がいるんですよと見せつけるためか、香住のプライド、意趣返しの意趣返しか。それとも単に寂しくて、自分も来てみたかっただけか。ネットで見つけて、勢いで申し込んだか。全部かもしれない。

香住は何か彼らに言われたことがあったのかと考えた。香住ちゃんてきっと、あたしたち以外に友達いないよね、とかなんとか。

あるいは、昔は痩せてたとか言ってたけど、嘘だよねとか。

実際香住はぽろっと、そういう嘘をついたのかもしれない。あたしだって、高校のときは痩せていたのよ。

でもあたしは七つ丸に内定出てるしね、とか、仲間はずれなんて子どもっぽい、ブッフェに行くくらいどうってことないわ、という方向に考えないのが香住のいいところである。真面目なのだ。手に入らない葡萄《ぶどう》はすっぱいと思えば楽なのに、たとえフェイクであっても甘い葡萄を食べるために努力してしまうのだ。

「わたしはぜんぜんかまわない。こういうの、よくあることだから」

香住は目を丸くした。

「よくあることなの？」

「うん。意外とね。たいしたことじゃないよ」

七実は言った。

沢田だって、名家の御曹司《おんぞうし》との結婚が決まりそうになったら、友達が足りなくて『クッキー＆クリーム』に連絡をとってくるかもしれない。

「そういうことならかすみんをもっと持ち上げることもできたし、違う演出できたかも。ここじゃなくて、大学で会ってもよかったよね。それから、写真用意できたなって思って」

「写真？」

「うん、会社にね。すごく修正がうまい人がいるの。別料金になっちゃうんだけど、かすみんの高校のときの写真があれば、綺麗《きれい》にしたり、痩せてたりする写真作れるの。背景とか、誰かの写真と合成したりとか、そのへんはなんとでもなるから。ちらっと見せるだけならばれないでしょ」

「そうなんだ……。頼もうかな……」

香住はほっとしている。

本当は痩せてなかったのなら、正直に言ったほうがいいよ。

まだ傷が浅いうちに。素直なのが香住のいいところなのに、フェイクをつくろうためにフェイクを重ねたってろくなことはない。

七実はそう言いたくなる気持ちをこらえる。

かすみんは優秀なんだから、それでいいじゃないの。もっと自分を誇ってもいいんじゃないの。

あの人たちだってきっと悪い人ではない。五人のうち、いちばんうしろにいた小柄な女性は会話に加わらず、少し心配そうに香住を見ていた。彼女は香住を外すことに抵抗があったのだ。グループの雰囲気に流されて言えなかったのだろうけれど。沢田にしたって希望の会社に入れなかったので気持ちが荒れているだけで、数年経《た》ったらなんであんなことをしたんだろうと自分を責めるかもしれない。

だから気にすることはないよ。かすみんはちゃんと尊敬されてるから。嫉妬《しっと》されるのは、すごいと思われているからだよ。

体型なんて気にしなくていい。かすみんはかわいいし性格もいい。七つ丸商事はお給料もいいし、勤め始めたら別の友達ができる。お化粧も洋服を選ぶのも、やってみたら楽しいよ。傷つくなんて時間の無駄。ケーキをドカ食いする必要も、対抗してフェイクの友達を見せつける必要もないいんだよ。

きっと本当の、四つ年上の友達なら、そう言うのだろう。

「――頼むならメールしてね。それ渡すときにもう一回くらい、どこかに遊びに行ってもいいよね。せっかく就職決まったんだから、お祝いのビューティーコースなんてどう？　今考えたんだけど」

七実は言った。

香住は目をぱちくりさせた。

「ビューティーコースって？」

「そうだなー。朝会って、ジムかエステの体験コースをやって、セレクトショップでお洋服買って、豪華オーガニックランチ食べるとか。なんならわたしがフルメイクしてあげる。どこか、できる場所探して。かすみん目が大きいから、メイクしたらもっとかわいくなるよ」

「それって……あの……ランクは？」

「『竹』かな。経費別で二時間二万円、そこからは一時間五千円。でも二回目からは割引になるから」

七実はにっこりと笑った。

「それから今日の、悪いけど追加の請求書送ってもいいかな？　あのね、出先で知り合いとか友達と会って話すのは『松』になっちゃうんだよね。だからプラス料金かかるの」

「――そうなんだ」

香住はうろたえて口ごもった。

「ええと……請求書いいよ。あたし、駅のそばのコンビニでおろすから。それくらいは……まだ、バイト代の残りがあったと思うから」

「なんてね。嘘」

七実は香住の言葉を遮《さえぎ》った。

ホテルの出入り口まで来ていた。石畳《いしだたみ》のエントランスにパンプスのかかとの音が響く。門柱のそばの大きな木が色づいている。秋らしい風が気持ちよかった。

「今日のは偶然だし、ちょっとだけだからお金なんてとらないよ。ここからどうする？　タクシー乗ってもいいけど、天気がいいから駅まで歩いてもいいよね」

「うん――どっちでもいいけど……歩こうか」

「早く出てきたから、あと一時間あるよ。今話した時間は含めないからね。散歩がてら、ウインドウショッピングでもしてみる？　さっき、ちょっとドキドキしちゃったから、クールダウンしたいよね」

「ええと……」

香住はスマホを取り出した。

しばらく検索し、思い切ったように言う。

「あのね……。この近くにケーキのおいしいカフェがあるみたい。シュークリームとエクレアが有名なお店で、クリームが三種類あって、選べるんだって」

七実は思わず笑った。香住がつられたように照れ笑いする。

「そうだよね。食べ足りなかったもんね。わたしも行ってみたい！　行こう、かすみん！」

七実は言った。今度こそ香住が遠慮しないよう、クリームたっぷりのケーキをたくさん食べようと思った。


「星野さん、お荷物でーす」

「はーい」

インターホンが鳴ったので、七実は三キロのダンベルを床に置き、荷物を受け取りに玄関まで行った。

七実の部屋はマンションの一室である。七つ丸商事に勤めはじめたときから住んでいる2DKで、一部屋を居間、一部屋を寝室として使っている。日課のヨガとエクササイズをするのはテレビのある居間のほうだ。こちらが仕事部屋なのである。

今日は誰とも会う予定はないが、やることはたくさんある。

人気の漫画や本は読んでおかなくてはならないし、美術館にも行かなくてはならない。録画したテレビを見て、コンビニのお菓子とカップラーメンの棚もチェックしておかなくてはならない。服はどんどん買い替えなくてはならない。どんな会話にもついていけるよう、七実はなんでも広く浅く、ある程度の流行を追うようにしているのである。

依頼が来たらキャラ作りをし、プランニングをして予約を入れ、必要なら下調べに行く。時間があいたらジムへ行き、ＤＶＤを見ながら体も鍛えておく。いつ何時、スポーツ好きの女性からボルダリングに付き合ってくれと言われないとも限らない。

「まーたクッキーか。与里子さん、好きだなあ」

七実は届いた荷物の封を開き、呆れながらつぶやいた。

七実は事務所を持っていない。名刺の住所は『クッキー＆クリーム』になっている。与里子はそのことを承知していて、七実あてのものが事務所に届いたらすぐに転送してくれる。そのときにクッキーを一緒に送ってくるのである。

与里子が送ってきたのは大きなクッキーの缶だった。最近のお気に入りらしい、銀座《ぎんざ》にできたばかりのファッションビルの紙袋に入っている。きっと有名店のものだろう。こういうときは突発的な仕事の依頼があったりする。

七実はタンクトップとジャージ姿のままテーブルの前の椅子《いす》に座った。結んでいた髪をほどき、片膝《かたひざ》を抱えてタブレットを立ち上げる。

思った通り、与里子から仕事の依頼メールが入っている。

プランは『松』。依頼人は三十歳の女性。彼女の友達グループのひとりとして、カフェで会社員の彼氏と会う仕事である。

キャラクターの希望は、彼女の学生時代からの友人。中堅クラスの会社勤めで、子どものいない兼業主婦。今回は新山マキとのペアである。マキはもう依頼人と面談済みで、パートナーとして七実を指名してきたのだという。

マキと一緒なら心強いと七実は思った。マキは恋人や夫を前にした女性の友達役が得意だ。綿密に情報を入れて役作りをするタイプで、アドリブが得意な七実とは、相互を補完する形で相性がいい。

世の中にはどういうわけか、恋人に同性の友達がいるかどうかを気にする男がいるのだ。いたっていいなくたって自分には関係ないだろうに。

きっと楽しいだろうと七実は思った。七実は与里子の野生の勘を信用している。与里子は女性の好き嫌いが激しくて、「素敵な女性」からしか仕事を受けない。悩みはあっても悪意はない女性たちである。

七実にとっていちばんわからないのは与里子である。この仕事自体、与里子の道楽なのではないかと思う。

与里子に了解メールと空いている日時を送り、七実は自分の役割を考えた。

相手は三十歳女性、彼氏と会うとなると結婚を意識しているだろう。男性受けのいい清楚な女性は封印である。

化粧と髪を野暮《やぼ》ったくして、一張羅《いっちょうら》っぽいワンピースを着る。彼氏が万一、七実を気に入って、依頼人の機嫌が悪くなったりしないように。既婚者の設定だから、忘れずに左手の薬指に指輪をしていかなくてはならない。

本決まりになったら、マキと一回、打ち合わせの時間をとろう。

七実はスマホのカレンダーに未決の日程を書き込んだ。

クッキーの缶を紙袋から取りだそうとして、袋の底に封書が入っているのに気づく。

差し出し人は村本香住だった。事務所あてに届いたのをそのまま同封してきたのだろう。熊の模様の封筒である。

大きなミスはしていないはずだが、なんだろう。苦情だったらどうしようと思いながら、七実は封書を開いた。

前略　星野七実さま
いきなりごめんなさい。ＬＩＮＥをするのは契約が終了するまでということですので、手紙で書きます。

先日はありがとうございました。

迷いましたが、頼んでよかったです。心からそう思っています。七実さんにとっては仕事だということはわかっていますが、とても楽しく、前向きな気持ちになれました。

よかったら、卒業前にもう一回、遊んでください。

写真の修正を頼もうと思いましたが、写真よりも、七実さんを見習ってダイエットすることにしました。

ケーキもクッキーもシュークリームも、好きなだけ食べたので、もう思い残すことはないです。

次はビューティーコースにチャレンジできるように、大学生活の残り、バイトと勉強を頑張ります。

手紙はクレームではなかった。そのことにまずほっとして、七実は手紙を見つめた。

香住はリピーターになるかもしれない。

わたしも大好きだよ、かすみん。

香住は吹っ切れたらしい。最初のメールと比べても、文面が明るくなっている。大学の友達と仲直りしたのかもしれない。

手紙を丁寧にしまいながら、七実は、わたしの大学時代の友達はどこへいったのだろうと考えた。それから七つ丸商事の同僚たち。七実も昔、あんなふうに友達と一緒に食事をしたり、遊んだりしていた。

……あれ。

よくわからなかった。思い出せない。

そういうことをしたことは覚えているのだが、名前が出てこない。誰と何をしたのか、具体的に覚えていない。依頼人の名前は覚えているのに。

そういえば何かもめ事があったのだ。七実はうっすらと思い出した。友達だと思っていたのに違ったとか、誤解があって面倒なことになったとか。どうしようもなくなって、会社にいたくなくて、ひょいと辞めてしまったのだった。

どちらにしろ昔のことである。もう忘れた。忘れていい。

七実は頭から余計なことを追い払い、クッキーの缶を開けた。

新しい店のクッキーは与里子おすすめだけあって豪華である。中央には白いメレンゲ、左右にチョコレートとアーモンドとバニラのクッキーが秩序正しく並んでいる。

たまにはクッキーではなくて塩せんべいが食べたいと思っても、与里子に言うわけにはいかない。

次の仕事は週末。年間契約をしている年上の女性である。

一カ月に一回、映画を一本一緒に観《み》て、ランチをするだけという不思議な契約である。彼女はランチも映画も予約はすべて自分でする。キャラ作りも、映画の下調べもしなくていい、話も合わせなくていい、つまらなかったらつまらなかったと言ってほしいと言われている。ほとんど何も喋《しゃべ》らず、ずっと座っているだけのときもある。

誰かと映画を観たいのだったら同好会にでも入ればいいのにと思うのだが、もちろんそんなことは言わない。七実は彼女と過ごす静かな時間が好きである。

好きでなければ依頼を引き受けたりはしない。借りているのは七実のほうだ。甘くて苦くて大好きな、七実の大事なレンタルフレンド。

七実はバニラのクッキーをひとつとり、手のひらの中で、ぱりんと割った。

第二話

# 赤い花に幻の水

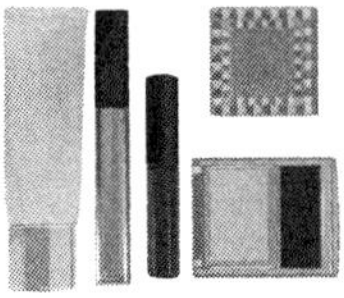

「――気に入られたのならよかったじゃない。別に、変な人じゃなかったんでしょ。七実《なみ》ちゃん、年上は得意だと思っていたけど」

キッチンで、与里子《よりこ》が紅茶を注ぎながら言っている。

六本木《ろっぽんぎ》の人材派遣事務所、『クッキー＆クリーム』である。

事務所といっても広めのマンションの一室、ローズウッドのインテリアで統一された豪華な部屋だ。広いリビングダイニングには本革のソファーとテーブル。七実はソファーに座り、仕事用のタブレットを手に、与里子が紅茶を淹《い》れるのを待っている。

部屋にはふたりしかいない。事務の女性やほかのフレンド要員がいるときもあるが、常勤しているのは与里子ひとりきりである。

紅茶やコーヒーを淹れるのは与里子の趣味だ。七実にとっては上司のようなものなのだが、与里子は人をもてなすのが好きで、自分でお茶を淹れたがる。

「年上でも、変な人でもわたしは大丈夫なんですけど……。なんだか違和感があるんですよね」

七実は手もとのタブレットを操作しながら言った。

与里子は七実の前にティーカップを置き、向かいのソファーに座る。

水色のウェッジウッドのカップである。七実が水色のニットを着ているからだ。与里子は相手の服装の色に合わせてカップを選ぶ。

与里子は年齢不詳の女性だが、足がきれいである。黒のロングのタイトスカートのスリットから、華奢《きゃしゃ》なパンプスを履いたすんなりとした足が伸びている。そうやって座っていると、ヨーロッパあたりに在住しているやり手のマダムのようだ。カーペットは敷いてあるが土足の部屋なのである。

「ダストシューター？　ボクサー？」

与里子は優雅に足を組み、テーブルの上の缶入りクッキーの蓋《ふた》を開けた。

ダストシューターというのは、ゴミを捨てる人のことだ。

フレンドはダストボックス。日常的な不満や悪口をためこんでいて、本物の知人には言えないので、吐き出すために友達をレンタルする人。カウンセリングだと思ってうんうんと聞いてやれば、だいたいはすっきりした顔で帰っていく。愚痴《ぐち》っぽいだけで常識的な人間が多いし、キャラ作りやプランニングに凝《こ》らなくていいので楽ではある。言葉の毒をくらって、精神的なダメージを受ける以外は。

　ボクサーとは殴る人のことである。フレンドはサンドバッグ。威張ったり傷つけたり試したり、使い走りのようなことをさせたりする。直接的な暴力はもちろんふるわないが、あなたってブスよねなどと言ったりする。客であるのをいいことに、言葉や態度で威圧することですっきりするらしい。

　命令に従う義務はないし、相性が合わなければ返金して契約を終了させればいいのだが、七実は仕事を打ち切ったことはない。どんな相手であろうと合わせて、本当に嫌なら今後は同じ人からの仕事を引き受けないようにするだけだ。

　世の中にはどうにもネガティブだったり、攻撃的だったりする人間がいるようだ。彼女たちを否定したら仕事はできない。だからこそ現実で人付き合いがうまくいかなくて、大金を払って友達をレンタルするのかもしれないのだから。

「フレネミーではないと思います。美佐《みさ》さんは愚痴は言わなかったし、威張るわけでもなかったです。いい人だと思います。ストレスはたまっているみたいだったけど」

「ライアー？」

　与里子は缶からひとつ、ドライフルーツ入りのクッキーをとっている。

フレネミーとは友達に見せかけた敵。ライアーとは言葉通り、嘘《うそ》つきである。

七実は首を振った。

「ちょっとそう思いました。だから、与里子さんに相談するために来たわけなんですけど……。違ったようです」

七実はタブレットを与里子に渡した。

タブレットには、さきほどまで検索していた結果の画面が表示されている。

「ライアーなのは別にいいんですよ。大ごとにさえならなければ、合わせるのは得意だし。でも今調べたら写真が出てきました」

「嘘じゃなかったってこと？」

「そうです。わたしの勘違いだったみたい。ヘアメイクアーティストのＭＩＳＡ《ミサ》、タレントの谷咲《たにさき》ツカサの担当を売れる前からしていて、プライベートでも仲がいいって。本人が言っていたのと同じです。今日はまだ十五分の面談をしただけですけど」

その十五分の面談で七実は美佐から運転免許証を見せてもらい、名刺を受け取っている。

下条《しもじょう》美佐、三十八歳、東京都港《みなと》区在住。ヘアメイクアーティスト。

経歴はいくらでも盛ることができる。まして美佐は、仕事上は芸名――ヘアメイクでもそういうのかはわからないが――を使っている。名前は知られているがメディアに顔を出さないので、まったくの他人がヘアメイクアーティストＭＩＳＡと名前と年齢が似ているのをいいことに、なりすますこともできる。

しかし何回か検索し直したら、売り出し中のモデル兼タレントのＳＮＳに名前と写真が出ているのを見つけた。

今日はヘアメイクアーティスト、ＭＩＳＡさんに担当していただきました！　すっごくかわいくしてもらって満足です。これから撮影、頑張らなくちゃ！

モデルはカジュアルなドレスを着ている。くるくると渦巻いたロングヘアが可愛《かわい》らしい。ヘアブラシを持ち、モデルと並んで笑っているＭＩＳＡの写真は確かに今日の午前中、七実が会った女性だった。仕事着らしいシャツとパンツの姿で、会ったときに比べると化粧は薄いが、気の強そうなはっきりした顔立ちは見間違えようがない。

ほかの情報と照合しても、下条美佐はライアーではない。

与里子は七実が渡したタブレットをのぞき込んだ。

「ふうん……きれいな人ね」

「実物はもっときれいです。やっぱりヘアメイクやっている人ですから。なんか作りものっぽい感じはあったんですけど。こっちのことをじーっと見てくるんで、ちょっと怖かったです」

「まだ正式に受けてはいないのよね？」

「面談が終わったあとでメールが来ました。二回、正式にお願いしたいって。一回目はショッピングに付き合って、二回目は観劇したいとのことです。返事はしてないです」

「ランクは？『竹』？」

「一回目は『竹』。二回目は劇場に知り合いがいるから『松』の料金を払っておくって。有名な舞台らしいです。チケットを二枚もらったんで、もったいないから付き合ってほしいんだって。わたしは女優志望の女の子ってことにしてくれって言われました」

「年下の女優志望か。メイクさんだったらそういう友達がいるのはおかしくないわね」

「はい。たくさんいるみたいです。谷咲ツカサさんがいちばん有名だけど、ＳＮＳに写真を載せたモデルさんとか、ほかにもわたしの知っている人の名前が出てきました。舞台のスタッフからチケットをもらったので楽屋へ行ってお礼をしたいと言われました。

　相手が芸能関係者ならわたしが女優志望なんて言ったらばれちゃいそうですよね。ただの友達のほうがいいって提案したんですけど、美佐さんは、ああいう世界ではそのほうがむしろ自然だって」

「女優になりたいなんて言ったら、スカウトされちゃうかもしれないわねえ。七実ちゃんかわいいから」

与里子はおかしそうに言って、足を組み直した。

「受けてもいいんじゃないの？　多少の違和感はいつものことでしょう。みんな多かれ少なかれ事情はあるし、そういうことならバックアップするわよ。七実ちゃんなら、何があってもさばくスキルはあるでしょう」

「そう思いますか？」

七実は尋ねた。

少し安心した。七実は与里子の見る目を信用している。

レンタルフレンドをしていて怖いのは、犯罪に巻き込まれること、詐欺《さぎ》の片棒を担《かつ》がされることである。身分証明書を確認したり、他人のいないところにはいかなかったりとある程度は警戒しているが、最終的には依頼者の人間性を見抜く目にかかっている。

次に怖いのは必要以上に気に入られること、関係者に恋愛感情をもたれることだ。何につけてもレベルが『松』になると、あとくされなく終わるということに心を砕かなければならない。

「だって七実ちゃん、美佐さんのこと嫌いじゃないもの」

タブレットの写真を指先で拡大しながら、与里子は言った。

「敵じゃないし、いい人だし、きれいな人だって言ったわ。わたしに、下条美佐さんのことを悪く思われまいとしていたのよ。そう思えるなら大丈夫。きっとうまくいくわよ」

与里子は七実にタブレットを返し、にっこりと笑った。


約束があった平日の午後、七実は戸惑いながらエスカレーターに乗った。

美佐が待ち合わせで指定したのは都心から少し離れた私鉄の駅で、到着してから駅ビルの三階にあるフォトスタジオに来るようにと指示された。美佐のことだからそれなりのお洒落《しゃれ》な場所なのかと思っていたのだが、ありふれた庶民《しょみん》的な街である。駅ビルの中心はスーパーとファストフードで、平日とはいえビルの中にいる人も普段着の主婦が中心だ。

フォトスタジオのスタッフに美佐の名前を出すと、ＭＩＳＡさんはつきあたりの部屋でお待ちしていますと言われた。話は通っているらしい。フォトスタジオのパンフレットのすみのほうに、大人気！　今月末までのお申し込みで、ヘアメイクアーティスト、ＭＩＳＡさんのヘアメイクが受けられます！　という宣伝文句が躍《おど》っている。

今日はふたりでショッピングをする予定である。写真は撮らないと伝えたはずだが、フォトスタジオでどうするつもりなのか。珍しく緊張しながら七実は指定された部屋のドアを開ける。

おそらく控え室に使うのだろう雑然とした部屋である。一面の壁が鏡、向かいにはドレスが色ごとに分けてかけてある。中央に黒光りするテーブルがあり、たくさんのメイク道具が置いてあった。

「こんにちは。どうぞ。コート脱いで」

美佐は部屋の中央にいた。テーブルへ向かってずらりと並んだメイク用品を見ている。七実に気づくと顔をあげ、ドア付近で立ち止まっている七実の前にまっすぐに立つ。

打ち合わせのときはモード風のワンピースだったのだが、仕事着らしい白のシャツに黒のパンツをあわせている。男性ものらしいシャツは第二ボタンまで開け、髪はうしろにくくっているだけだが、打ち合わせのときよりも美人だ。楽屋と衣装部屋の間のようなごたごたした部屋がセンスよく思えてくる。

「ここはわたしの仕事場なの。実家が近いから、たまに仕事させてもらってるの」

美佐は言った。

七実は年下の友人らしく笑顔で会釈《えしゃく》した。

「よろしくお願いします。今日、すっごく楽しみでした！」

「そういうのはいいから。七実ちゃん、どうして今日、その格好で来ようと思ったの？」

七実がコートを脱ぐと、美佐は厳しい声で言った。

七実はゆったりめのニットのワンピースを着ている。今年になってから買ったもので、新品ではないがクリーニングから出したてだ。アクセサリーは控えめな金、コートはベージュ、バッグは中くらいのブランドの定番。メイクも甘めで育ちの良さそうな雰囲気――のつもりである。

ルックスの希望は具体的にはなかったが、おそらく美佐は年下の友人をアクセサリーのように連れて歩きたいのだろう。だったら女性のライバルにならない、年配の男性に受けのいい、上品で綺麗《きれい》な格好が最適だと思った。

美佐もこういう服装が嫌いではあるまい。美佐がデビューしてから専属でついているという女優の谷咲ツカサも、女性らしい柔らかいドレスが好きなようだ。

――と思ったのだが。

「どうしてといいますと」

美佐の意図を測りかねて、七実は尋ねた。

「似合わないわよ。二十六歳よね。女の子って年齢じゃないでしょ。服もメイクも好きだって言ったよね。仕事のときは別のキャラクターになりきるんじゃないの？　女優志望ってことにするんだから、もうちょっとおしゃれしてくると思った」

美佐はぴしりと言った。

「おしゃれしてきたつもりなんですけど」

「どこを？」

美佐は七実から目を離し、メイクボックスを開けている。

「観劇のときに別の知り合いの方と会うかもしれないと聞いていたので、美佐さんの立場も考えて、まずは清潔感を大事にしようと思って」

「お見合いじゃないんだから。そこ座って」

ブラシと化粧品の瓶《びん》を取り出しながら美佐は言った。

言葉に威圧感があって逆らえない雰囲気である。ヘアメイクというのはこういうものなのだろうか。七実は戸惑いながら鏡の前の椅子《いす》に座った。

美佐は七実のすぐうしろに立ち、鏡の前で目を合わせてくる。

「コンタクト入れてないよね。視力いくつ？」

「入れてないです。視力は一・二です。伊達《だて》眼鏡もいちおう持ってきました」

「ふうん。眼鏡も悪くないかもね。わたし、あなたは青系のほうが似合うと思う。服はいくつか持ってきてるから、あとで選んで。足りないものは買う。ヘアメイクはわたしの好きにさせてもらうわ。いいでしょう？」

「はい」

なるほど、こういうことなのかと七実は思った。

最初に会ったときに妙な感じがしたのだ。面談で観察されるのはよくあることなのだが、美佐のジャッジは友達としてのものではなかった。プロのメイクアップアーティストとして、七実の顔立ちやスタイルをじっくりと眺めていたのだ。観劇の前に一回、ショッピングの時間をとったのはメイクをしたかったからか。そう言ってくれれば別の服とメイクで来たのに、抜き打ちのテストをしたかったらしい。

「モデルになるには身長が足りないけど、スタイルがいいからヒールのある靴を履いて、足を出したほうがいいわよ。最近の子はみんな胸も足も出さなくて、黒ばっかりで嫌になる。口を開けば清潔感、清潔感」

美佐はひとりごとのようにつぶやきながら七実の前髪をあげた。白い前掛けを首のうしろで結ぶ。慣れた手つきでコットンにオイルを含ませ、額《ひたい》を拭き始める。

口調が乱暴だったので身構えたが、顔にあたる力はこのうえなく優しくて気持ちよかった。ずっと続けてほしいくらいだ。

「うん、よかった。やっぱり綺麗。あなたは瞳がいい。キャットアイって大好きなの。カラーコンタクトは入れたらダメよ」

出かける前に一時間かけて仕上げたナチュラルメイクがすべて消えると、美佐は鏡ごしに七実の顎《あご》をとり、まっすぐに鏡を見つめさせた。

美佐の手はしっとりとして冷たかった。ネイルをしているのかと思ったら透明のマニキュアだけだ。きれいな手である。

「わたし、派手な顔が好きなの。はっきりした顔立ちの子がもやっとしたメイクをしているとイライラしちゃう。彼氏のため、偉い人に好かれるため、まわりに良い子と思われるため。そういうのは悲しくなる。もちろん仕事ならどんな顔にでもするけど。七実ちゃん、わたしの好きな顔にしてもいいかしら？」

「はい」

「肌の弱いところとか、こういうのだけはダメとかある？　あったら遠慮なく言って。たとえ似合っていても、本人が嫌だったらきれいにならないから」

「肌は丈夫です。歌舞伎《かぶき》でもビジュアル系でもゾンビでも、美佐さんの好きなようにしてください。とても楽しみです」

七実は笑った。

実際楽しみになってきている。言葉はきついが、よくよく聞いたら美佐は悪口を言っていない。厳しいのはプロだからで、意地の悪いことはしないだろうと思った。

美佐は鏡ごしに目を細めた。

「レンタルフレンドさんて、なんでもこっちに合わせてくれるの？」

「なんでもじゃありません。嫌なら断ります。友だちですから」

「ふうん……。わたしは友だちなんて要らないんだけど」

「でも友だちです。あと一時間と四十五分は」

七実は鏡の中の美佐を見つめて言った。

七実は童顔だがヘアメイクで変わる。それがあなたの強みだと与里子に言われたことがある。派手な顔だと言われたことはなかったが、プロの目からは別のものが見えるのかもしれない。

「サイトに、わたしはあなたの理想の友だちになりますって書いてあったね。あれ、七実ちゃんが考えたの？」

「考えたのは与里子さん——事務所の社長です。ただ何かに付き合うだけでもいいんですけど、キャラ作りからちゃんとやるのがわたしの主義です」

「あなたには変身願望があるのよ。今日はどういうキャラクターで来たの？」

「女優志望の女の子ってこんなかなって思って。間違っていたみたいで申し訳ないです。おかげでプロの手でメイクしてもらえるから得しちゃった」

「はしゃがないで。わたしはそういうの好きじゃない。あなたはクールなほうがいい。そういうキャラクターにして」

「――はい」

クールとは何か。七実が懸命に考えている間に美佐はブラシでファンデーションを塗っていく。手触りは信じられないくらい柔らかく、丁寧である。やり方をじっくり見たいが、速すぎてよくわからない。

「女優志望の女の子ね。ああいるわね。甘えた声でなついてきて、素朴《そぼく》で飾らない自分が大好きって子。だったら化粧なんてしなきゃいいじゃないの。ぼんやりしたナチュラルメイクをして、胸も足も隠して清潔感を演出するなら、これがなりたい自分ですって正直に言えばいいのよ。――こっち向いて」

美佐はおしゃべりだった。話している間も手は休めない。振り返ってテーブルから青いペンシルを選び出し、かがんでアイラインを引く。

「あ――それは……」

「喋《しゃべ》らないで」

美佐はこちらの意見を聞いていない。すごーい！　と手を叩いてもらいたいわけでもない。語りたいのだ。ダストボックスに近いが、自慢や愚痴ではなく持論をとうとうと述べたいタイプ。最初に思っていた通り、何やらストレスがたまっている。

そうとわかれば楽である。七実は美佐の言葉に耳を傾け、浅くうなずきながら話を聞いた。鏡の中の七実の顔がだんだん濃くなっていく。眉がくっきりと描かれ、目のまわりが青くなり、太いアイラインが目尻から跳ね上がる。モード系というより少し前のハリウッド映画におけるアジア人女優のような雰囲気である。面白いがやや古くさい、今の流行ではないと思う。

七実は美佐が担当した女性を思い浮かべた。谷咲ツカサ。検索した画像で見ただけだが、清潔感あふれる少女風のヘアメイクがよく似合っていた。ＳＮＳで見たモデルの女性はカジュアルなナチュラルメイクで、目もとのグラデーションだけが華やかだった。

きつめではっきりしたメイクが好きなのに、仕事で望まれるのがナチュラルメイクなら反動が出てもおかしくない。ストレスのあまりお金を出して、化粧映えしそうな女性をレンタルしたいと思うのかもしれない。

といっても申し込む時点では七実の写真はどこにも出ていない。そもそも顔で選びたいなら、いくらでもモデル志望の女性を調達できそうなものだが。

「思っていたよりいいわ、あなた」

メイクが完成した。前髪のクリップをとりながら満足そうに美佐は言った。

「そうですね。わたしも思っていたよりもいいと思いました。普段しない感じなので新鮮です」

「次は自分でしてきて。化粧品のサンプルをたくさんあげる。次は髪と服だけど、七実ちゃんはどんな格好が好きなの？　仕事じゃなくて普段、ひとりで出かけるとき」

「普段は……」

美佐がドライヤーの準備をしている間、七実は上を向いて考えた。

自分はどんな服やメイクが好きだっただろうか。最近は常に仕事相手が望むルックスになろうとしている。自分ひとりで外に出るときも、次の仕事のための服装になることが多い。

「よくわからないです。わたしはなんでも好きなんですよ。ナチュラルでもフェミニンでもクールでも、ギャルでもお嬢さんでも。甘め辛め、なんでも来い」

美佐は露骨にいやな顔をした。

「わたしはなんでも好きな子が嫌いなのよね。これが好きっていうのがある人が好き」

「じゃあ次はクール系なのが好きってキャラで行きます」

「わたしのためにってこと？」

「はい。美佐さんと楽しい時間を過ごすためです。それがわたしの方針なので、好きなようにやらせていただきます」

七実は少しだけ美佐にやり返した。

美佐が初めて、かすかに笑った。

「――プロフェッショナルね」

小さくつぶやき、髪にブラシを当てはじめる。

「来月の劇、谷咲ツカサちゃんがヒロインなの。みんな、あなたと谷咲ツカサちゃんを比べると思うから。彼女に負けないようにしてね」

そして美佐は最後に、とんでもないことを言った。


「――謎のアジア人女優？」

写真を見せるなりマキが言ったので、七実はがっくりと肩を落とした。

七実の部屋のキッチンである。マキは打ち合わせのためにさっき来たところだ。来たとたんキッチンへ直行し、手製のラタトゥイユを持参のタッパーから鍋にうつしている。

マキは七実の先輩――ベテランのレンタルフレンドである。七実とは最初の仕事のときから一緒にやっていて相性がいい。

マキは女優で子育て中の主婦でもある。この仕事は趣味のようなものだ。少し先にマキと組んでやる仕事があり、打ち合わせに来たのである。

「――に見えるよねえ。わたしもあとから見てびっくりしたけど、メイクされているときは意外と違和感なかったのよ」

　お湯を沸かしながら七実は言った。

「いや綺麗だけどね。モデルをやるなら別料金とらなきゃダメだよ」

「写真があるのはわたしのスマホだけ。美佐さんはあれで執着なくてさ、メイクが終わったら満足して無関心になっちゃったから、部屋出る前に慌《あわ》てて撮った」

「方向性はともかくレベルは高いよね。アイメイクとかすっごく細かくて芸術品みたい。こんなの自分じゃできないよ。いいなあ。あたしもＭＩＳＡの仕事受けたいわ」

　マキは本気でうらやましがっている。売れていないとはいえ女優なので関心が高い。

　七実はマキが売れない理由がわからない。マキは依頼主の希望に合わせて綿密に役作りをするタイプで、二十五歳から四十五歳までの女性なら何をやらせても完璧なのである。比べると七実はキャラクターの幅が狭い。そろそろ本気で広げなくてはならないと思っているところだ。

「仕事終わったら化粧品あげるよ。サンプルたくさんもらったから。紫とか青とか、魔女っぽい色ばっかりだけど」

「ありがと。この服は？」

「美佐さんが持ってきてたやつ。どこかのレンタルみたい。下着と靴とストッキングは買ってもらった。胸が足りないけどそこがいいって言われた。言葉はきついんだけど、あとから考えると意外と褒めてもらってるんだよね」

写真の七実は体にぴったりと沿った黒いミニドレスを着ている。肩が出ていて、ウエストがくっきりとくびれて見える。美佐は青か紫を着せたかったらしいのだが、さすがに目立ちすぎるので黒を選んだ。コートを着れば隠れるものの、あのメイクでこれを着てタクシーに乗り、美佐の行きつけの下着専門店へ行くのは勇気が要った。

来週にはこの格好で観劇に行くわけである。何の罰ゲームだ。

「フォトスタジオかあ……」

マキは含みのある表情をしていた。タッパーを洗い、自分のバッグに入れる。

マキは七実の家へ来るときは必ず手料理を持ってくる。

打ち合わせはできるだけ人のいないところでやりたいのだが、マキは家庭があるので組んでやる仕事のときは自然に七実の家になる。一回目に持ってきてくれたビーフシチューがやたら美味《おい》しかったので、それからは場所代として料理を持ってきてもらうことにした。七実は食いしん坊なので栄養たっぷりの家庭料理をもらえるのは嬉《うれ》しい。

「フォトスタジオっておかしい？」

紅茶のポットにお湯を注ぎながら七実は尋ねた。

「いや、ヘアメイクだから不自然ではないけど。ＭＩＳＡって一時期かなり売れてて、メイクさんっていうよりアーティストって扱いだったから、ちょっとびっくりしたの」

マキはしみじみと言っている。

マキはこういうことには七実よりも詳しい。だから七実もマキに話してみたのである。

「あのお店は実家が近くて、部屋を使えるから便利だって言ってた。チェーン店だし、ウエディングフォトとか就職用の証明写真とか用に契約している、専属のメイクさんってことじゃないのかな」

七実はテーブルに紅茶を出しながら言った。

タブレットでフォトスタジオのサイトを検索する。サイトにもＭＩＳＡの名前が出ている。未来へ向かう自信がつきました！　という、ウエディングドレス姿の女性のコメントが写真つきで載っている。

「それはわかるけど、相手は一般人でしょ。芸能界で派手な仕事して、ショーモデルのヘアメイクをして、本も出していた人が。名前を見かけなくなったと思ってたけど、今はこういう仕事しているんだなあって」

「ああ――そういうことか……」

七実はマキの言わんとすることを察し、やや暗い気持ちになった。

最近のＭＩＳＡは落ち目である。以前ほど売れていない。

それは最初に検索したときに感じたことでもあった。もともと表舞台には出たがらないタイプらしいが、華やかなエピソードや写真があるのは数年前までで、この一年はまったく名前があがってこない。ＳＮＳのモデルの写真もずいぶん前のものだった。

そして今は、駅ビルのフォトスタジオの専属へアメイク。

わたしは友だちなんて要らない。なんでも好きな子が嫌い。

美佐の言葉を思い出した。

仕事がうまくいっていないとしたら性格も関係していると思う。美佐は気が強いし、仕事や生き方へのこだわりがある。人に頭を下げるのが苦手、友人が多くても自分から近寄っていくタイプではなさそうだ。

高すぎるプライドはのぼっていくときは格好いいが下がるときには邪魔になる。

どちらにしろ七実のやることはひとつである。美佐に友達が必要であろうとなかろうと、美佐の好みの派手な美人になって、黒いミニドレスを着て、買われた数時間の間、いい友人を演じる。美しいけれど流行《はや》らないアクセサリーを業界の人間に見せつけたいのなら、立派なアクセサリーになってみせよう。

「七実、次は谷咲ツカサに会うんだよね」

決意を新たにして紅茶を飲んでいると、タブレットを眺めていたマキが言った。

「そうみたい。しかも比べられるらしい。完敗だと思うけど頑張るよ」

「負けを認めちゃダメでしょうが。人間関係は勝ち誇ったもん勝ちなのよ。ボロボロになって逃げながら、今日はこれくらいで勘弁してやると叫ぶのよ」

「うん、そうだね」

「谷咲ツカサだってね、超可愛いけどきっとそこまで可愛くないわよ」

マキの励ましにならない励ましを受けながら七実は紅茶を飲み、タブレットをのぞき込んだ。

マキが見ているのは谷咲ツカサの過去の記事と写真だ。谷咲ツカサは来期の連続ドラマの主役が決まったらしい。二十四歳。コケティッシュなタイプの美少女タレントから美人女優へ、順調に成長している。

「谷咲ツカサのヘアメイクって、今は誰がやっているんだっけ」

七実はふと尋ねた。

「適当な人じゃないの。ＭＩＳＡでないことは確かだね」

タブレットに指をあてながらマキが答えた。やけに深く記事を読み込んでいる。

「どうしてわかるの？」

「最近は一緒に仕事してないから。谷咲ツカサとＭＩＳＡ、仲違《たが》いしているんだって。ほかのモデルを自分よりも優先したから谷咲ツカサが激怒したって。毎年呼んでいたはずのお誕生日会に去年は呼ばれてない。出たばかりの写真集のヘアメイク担当は別の人。女の確執で人気の新人女優を怒らせたツケは大きいと――」

「――見せて」

七実はカップを置き、マキからタブレットを受け取った。

タブレットの中の谷咲ツカサは少女風の素朴なメイクである。長い髪がふんわりと顔のまわりをとりまいている。雑誌のグラビアらしい写真には、素朴で飾らない自分が好き――というキャッチコピーが躍っている。

「週刊誌の記事だから、本当かどうかわからないけどね」

言い訳のようにマキが言った。

七実はタブレットを操作し、谷咲ツカサの画像を検索した。

山のように出てくるが、中でも注目されるきっかけになったのは十六歳のときの雑誌のグラビアらしい。このときはまだ少女向けファッション雑誌の専属モデルだった。このあとで同じテイストの写真集が出ている。

切りそろえられた黒のボブと赤い唇。赤いミニドレスと黒のブーツ。切れ長の美しい眼に、長いまつ毛のはね上がったキャットアイ。今とは別人のような挑戦的なルックスだ。調べるまでもなくヘアメイクはＭＩＳＡである。

十六歳の谷咲ツカサは、濃いアイラインの下から、ひりひりするような視線をこちらへ向けていた。

観劇前の待ち合わせのフォトスタジオで、美佐は七実を見るなり目を細めた。

「頑張ったのね」

七実はボブのウィッグをつけている。ドレスに合う黒のコートにサングラス。ハイブランドのプラチナのピアスとハンドバッグは与里子から借りたものだ。

年下の自慢の友人、有名なヘアメイクアーティストに尊敬のまなざしを送ってくる女優の卵――という路線は捨てた。美佐が望んでいるのはそういう友人ではない。

「もちろん。仕事ですから」

「サングラス外して。夜なのに意味がわからない。変装してどうするの」

七実はサングラスを外した。ミステリアスな雰囲気にしたつもりだったが通じなかった。

「誰から借りたのか知らないけど、バッグが変だわ。あなたのキュートなところが消えてしまう。ミニバッグがそこにあるから選んで。入らないものはわたしが持つから」

「はい」

「髪はウィッグなの？」

「はい。外しますか」

「いいえ。似合ってる。でもアイラインがガタガタ。そこ座って。三十分で済ませる」

こうなるだろうと思っていたが表情を崩さず、七実は無言で鏡の前に座った。

スマホの写真を参考にメイクしてみたがどうしても謎のアジア人女優にはならなかった。ただの化粧の濃い人、古くさいメイクをした日本人女性になってしまう。ウィッグとサングラスはそこをごまかすためでもあった。

美佐はシックな布のワンピースをまとっていた。髪は結ばずに巻いて垂らしている。自分だけ締め付けない格好でずるいぞと思いつつ、きちんとドレスアップした女性はいい。鏡ごしに見ていてほれぼれする。

部屋のすみにはショッキングピンクのピンヒールと並んで美佐の荷物が置いてあった。革のショルダーバッグと紙袋である。紙袋の中には小さな花束が見える。

「今日の舞台は谷咲ツカサさんも出るんですよね」

「そうね。舞台って好きなの。人が化けているのを見るのが。たった数時間の夢よね」

話題をふってみたが美佐は乗ってこなかった。リップパレットと七実の顔を見比べてメイクに集中している。


劇場のロビーにこつりこつりとピンヒールの足音が響き渡っている。

舞台は幕をおろしていた。締め切られた扉の中から冷めやらぬ熱気と喧噪《けんそう》の空気が漂ってくる。カーテンコールの最中なのである。早く帰りたい観客たちが名残《なごり》惜しげに扉を開けるたび、地鳴りのような拍手があふれ出る。

美佐はカーテンコールを待たなかった。終わると同時に立ち上がり、客席をあとにする。ぽつりぽつりとロビーに出てくる観客たちの中でふたりだけ出口へ向かわないので、制服を着た女性スタッフが首をかしげるようにして眺めている。

観劇は久しぶりだった。すばらしい舞台だった。まだ余韻《よいん》に浸っていたい、カーテンコールに参加して、よかったよねと美佐に話しかけたいところだがそうもいかない。

ここまでの失敗はなかった。うまくやってきた——と七実は思う。

今日の仕事は『松』。タクシーを降りて劇場に入ってからが本番である。美佐には独特の雰囲気があり、知らない人間の中でさえ目立つ。七実は愛想をふりまく代わりに謎めいた女性となって、美佐の隣で堂々としていなければならない。

開演前にロビーで美佐の知り合いの男性に会った。男性のほうから美佐を見つけ、小走りになって話しかけてきた。

「ＭＩＳＡさん、今は何をやられているんですか？」

男性が尋ねる。七実は視線を合わせるでもなく逸《そ》らせるでもなく、機嫌がいいのでも悪いのでもない曖昧《あいまい》さを保って美佐の横に立つ。美貌《びぼう》では女優に負けるだろうが、このあたりの空気を作るスキルはある。何より今日の七実には、美佐がほどこしたメイクがある。

「今はテレビのお仕事から遠ざかっているんです」

「もったいないなあ。今日は谷咲さんを観《み》に来られたんですか？」

「いいえ。純粋に観劇を楽しみに来たんです」

「お友だちと？」

「そうですね」

「――こちらは？」

男性が七実を気にしていたので、ひとつ勝ったと思った。

「素敵でしょ。女優の卵なの」

美佐は七実に目をやらずに答えた。七実はまばたきをこらえ、じっと男性を見つめる。

「へえ。さすがＭＩＳＡさん、見る目があるんだなあ。外国の方？　事務所には所属しているんですか」

「まだまだですね。行きましょう、七実ちゃん。じゃあね」

美佐はにこやかに言って片手を振った。七実は一礼して続く。

席は通路前の目立つ場所だった。気のせいか見られている雰囲気はあったが、舞台が始まるまで一言も口をきかずに済んだので楽だった。幕間は誰とも会わずに美佐とぽつりぽつりと会話をかわすだけだったし、舞台が面白かったので時間を早く感じた。

あとは終了後に楽屋へ行く、誰かに花束を渡すというミッションを終わらせるだけである。

美佐は舞台袖《そで》につながる通路を歩きながら、紙袋から花束を取り出した。

「これを持って。わたしよりもあなたのほうが似合うから」

「谷咲さんに渡すんですすね」

「いいえ」

花束はブーケだった。赤い花である。ドレスに映えるように胸に持つと、美佐は七実を見て目を細めた。

「七実ちゃん、とても綺麗。リップをその色にして正解だった。今日の舞台にも合っていると思う」

「ありがとうございます」

「あなたがいてよかった。背筋伸ばして。歯を見せないでね」

「はい」

七実はそっけなくうなずいた。美佐の求めているものは愛想ではない。細心の注意を払ってきたからメイクも崩れていないはずだ。

廊下のつきあたりには「staff only」というさりげない札のかかった扉があり、スーツを着た男性が立っている。美佐はカーテンコールのざわめきを聞きながら迷いなく歩いていく。

扉に手をかけようとすると、横に控えていた男性が慌てたように遮《さえぎ》った。

「どちらの方ですか？」

「ヘアメイクのＭＩＳＡです。制作の――さんにご挨拶《あいさつ》するために来ました」

「申し訳ありません、今回は、関係者でない方の楽屋への出入りをご遠慮させていただいているんです」

すまなそうに男性スタッフは言った。美佐に見覚えはないが一般の観客ではないということはわかるようである。

「衛生上の問題がありまして。どうしてもということでしたらこちらから尋ねてみますので、ロビーのほうでお待ち願えますか」

「……そうなの」

美佐は出鼻をくじかれたように立ち尽くした。想定外だったらしい。

「お約束がおありではないんですね？」

「――そうですね」

「でしたら申し訳ないですが、先方に連絡していただいて、ロビーでお話し願えないでしょうか。今は終わったばかりで忙しいので、あと少し経《た》ってからのほうがいいかもしれません。伝言がありましたら承《うけたまわ》ります」

もっともな提案だが、美佐は戸惑っていた。ここはどうしたらいいのかと考えていたら、ロビーから悲鳴のような声が聞こえ、女性が転がるように通路へ入ってきた。

「すみません……。く、苦しい……誰か、誰か助けてください！」

女性は胸を押さえてうめいた。

「どうされましたか？」

「こ、ここに薬が……。飲めば治まる……早く……」

紺《こん》色の服を着た中年女性だった。四角いトートバッグを握りしめ、耐えきれないように床に膝《ひざ》をつく。観客のひとりのようだった。

スーツの男性は顔色を変え、急いで女性に駆け寄った。

「美佐さん入って。大丈夫です」

七実は美佐にささやき、男性がいなくなると同時に扉を開けた。美佐を先に押し込み、すばやく体を滑り込ませて扉を閉める。

バックヤードはロビーに比べると飾り気のない作りだ。カーテンコールの拍手が客席よりも大きく聞こえる。扉のすぐ上に舞台を上から移したモニターが設置されている。ちょうど役者たちが舞台の上に揃《そろ》い、挨拶をしているところだ。

美佐は少し逡巡《しゅんじゅん》したが、そのまま歩いていった。

楽屋と舞台袖はつながっている。美佐はここへ来たことがあるようだ。スタッフらしき人は何人かいるがそれぞれがあちこちにあるモニターを見上げ、仕事に没頭していて案外注目されない。

美佐と七実のヒールの音が黒いカーテンに吸い込まれていく。七実はまっすぐに前を見て美佐の横を歩いた。誰に会うのか、これからどうしたらいいのかとは訊《き》かなかった。ここまできたらクールで無口なオリエンタル美人をやり通すだけである。うまくすればまわりは七実を外国人だと思ってくれるかもしれない。

やっと拍手が小さくなった。客席に明かりがつき、舞台袖にほっとしたような空気が漂いはじめる。

「お疲れさまです」

「お疲れ」

「お疲れさまでーす」

舞台袖からどやどやと役者たちが歩いてくる。スタッフが駆け寄り、何かを受け取ったり渡したり、声をかけあったりしている。

ツカサはヒロインなので、歩いてきたのは最後である。

死を意味する名前を持つ少女は、終幕で死んで蘇《よみがえ》った。いたいたしいような細い体を包む白いドレス。舞台の熱気が冷めないのか、頰《ほお》がほんのりとピンク色になっている。舞台用の分厚いファンデーションを塗り、唇にも色がないというのに、谷咲ツカサは神々しいまでに可愛らしかった。

役者たちは舞台袖で思い思いの場所にとどまり、あるいは楽屋に戻っていく。美佐に気づいた人もいる。ツカサに役者たちのひとりが耳打ちする。ツカサがこちらへ向かって振り返った。

ツカサは美佐と七実を見た。美佐はツカサを見なかった。ゆっくりとツカサに近づき、横を通り過ぎる。

すれ違う寸前に七実はツカサを見た。ツカサの瞳は真っ黒で、深く激しかった。可憐《かれん》な衣装に似合わない、怒りに似た感情が燃え上がっている。

こんなに強く美しいものを見たことがないと七実は思った。瞳と顔と存在がまわりすべての視線を集め、吸い込んでいる。いくら外見をとりつくろおうと、フリーランスのレンタルフレンドなどとは比べようもない美貌である。

ほんの数秒、七実とツカサの目が合う。七実は唇だけでうっすらと笑った。今日はこれくらいで勘弁してやるわ。ふたりの間に赤い花びらがひらりと散る。


「——七実ちゃん、今日はこれから空いてる？　少し飲もうか」

美佐が七実へ向かって口をきいたのは劇場を出たあとだった。

ミッションはすべて終わった。美佐はチケットをもらったという制作スタッフの楽屋へ行き、花束と差し入れのチョコレートを渡してお礼を言った。美佐の後輩だというヘアメイク担当と衣装担当の人もやってきて、しばらく雑談をしたあとで退席した。ここまでで十分もかかっていない。

それだけである。七実はほとんど喋らないですんだし、アクセサリーとしても役にたったたと思う。モデルなのか、タレントなのかと訊かれたが女優の卵で押し切った。

「延長料金がかかってよければ。あと十分で契約終了時間なので」

七実は答えた。

劇場のエントランスを出る。空には満天の星が光っていた。あたりにはぽつりぽつりと最後の観客が歩いているきりだ。

『松』の仕事のときはいつも疲れと高揚感がある。今日は高揚感のほうが強い。このままもう少し謎の女優志望をやっていてもいい。

「ああ、そうだっけ。それくらい払うわよ。付き合って」

美佐は言い、電源をつけたばかりのスマホに目を落とした。

「ちょっと連絡するところがあるから待っていてくれる？　裏から通りに出られる門があるから。表通りよりもあっちのほうがタクシー止めやすいの。先行ってて」

「はい」

七実はうなずいた。

裏通りへ向かいながら振り返る。星空の中に立ってスマホを操作している美佐の姿は少し寂しげで、これまでよりも小さく見える。

美佐と離れ、裏門はどこかときょろきょろしながら歩いていたら、劇場から人が出てくるのが見えた。

黒いダウンコートに身を包んだ女性である。観客用のエントランスではないので関係者ということになる。誰かを探しているようだった。首をまわしながらうろうろし、七実を見つけるとはっとした。

「――あの！」

声をかけられて足を止めると、女性は小走りに近寄ってきた。

七実はぎょっとして体をこわばらせた。

黒いフードに包まれた小さな顔は、さきほど会ったばかりの谷咲ツカサである。ぶかぶかのコートで華奢な体を包んでいても、隠しきれない光のようなものがあふれ出る。

どぎまぎした。仕事を延長しなければよかったと思った。売れっ子女優からプライベートで声をかけられるなんてまずない。わーツカサちゃんですね！　舞台、すっごくよかったです、握手してください！　と叫びたい。

「あの……。さきほど、美佐さんと一緒にいらっしゃった方ですよね。突然すみません。美佐さんはどちらにいますか？」

ツカサは言った。化粧を落とした顔は少し青ざめて、これまで見たどの顔よりもあどけない。

「もうすぐ来ると思います。ご用件は？」

七実はそっけなく答えた。

「用件は……。失礼ですけど、あなたはモデルさんですか？」

「女優の卵です」

本物の女優へ向かって、七実はやけくそのようなクールさを装って言った。

今日何回か言った言葉だが、もう絶対にばれていると思う。七実は女優の卵などではない。ただの美佐のアクセサリーだ。それも使い捨ての。楽屋では美佐が連れてきたおかしな女性ということになっているだろう。それでもこれで通すしかない。

「そうですか……。美佐さんとはどういうご関係なんでしょうか」

「お友だちです」

沈黙が落ちた。

人気者の美人によくあることで、ツカサは話題をつなぐのがうまくない。美佐と似ていると言ってもいいかもしれない。

「――じゃ……。一緒に待っていていいですか」

美佐に話があるならなぜ舞台袖で話しかけなかったのだと七実は思った。あのときは周囲が美佐とツカサに注目していた。美佐も無視はできなかっただろう。怒りに似た表情で、七実を見つめてすれ違う必要なんてなかったではないか。

それともお互いに、相手に話しかけられるのを待っていたのか。あれは数秒の根比べだったのか。

根比べだったらツカサが負けたのだ。美佐が膝を屈して会いに行き、ツカサは無視した。美佐は追わなかった。ツカサは耐えられずに自分から追ってきた。

「いいですが、美佐さんが望むかどうかわたしにはわかりません」

「だったら……。もしも美佐さんに会ったら、連絡くださいって伝えてくれませんか。わたしのアドレスはみんな変えちゃったので、事務所のほうとかに……。よければ美佐さんの連絡先、教えてください」

「勝手に教えることはできません」

「……そうですか」

「そちらの新しいアドレスを美佐さんに伝えることはできますが」

つい言ってしまった。クールなキャラクターとしては減点である。

「あ——そうですね」

躊躇《ちゆうちよ》するのかと思ったら、ツカサはぱっと顔を輝かせた。ポケットに手を入れ、黒の手帳型のスマホケースを取り出す。

「ＬＩＮＥ《ライン》と……。あと何があればいいかな。あなたのＬＩＮＥを教えてもらえれば、そっちに送るので……」

「――何やってるの、ツカサちゃん」

声をかけられて、ツカサは手を止めた。顔をあげ、ほっとしたように表情を緩める。

見るまでもなく相手は美佐だ。

「美佐さん、こんばんは。今日、来てくれて嬉しかった」

ツカサは言った。初めて聞く、どこか甘えるような声である。

「とてもよかったわよ、ツカサちゃん。本当によかった。見とれちゃった」

「ありがとうございます」

ツカサは笑った。花が咲いたようである。舞台袖の激しさとはまったく違う。十六歳のグラビアの挑戦的な表情とも、出たばかりの写真集の少女のような素朴さとも違う。

「美佐さんに褒められると自信になるんです。今度、お食事しませんか。来月にお誕生日パーティがあるんです。みんな来るので、わたし、美佐さんにヘアメイクしてもらいたいと思って。もう一度、一緒に」

「ダメよ」

すがるような早口でツカサが言いかけるのを、美佐は遮った。

ツカサは口をつぐんだ。黒いフードの内側が絶望に包まれる。

「わたしの役割は終わったの。あなたにはたくさんのスタッフさんがいるでしょう。ここから先はその人たちの力を借りて、ひとりで頑張りなさい。さよなら」

ツカサの顔を見つめ、突き放すように美佐は言った。


「――ツカサちゃんてね、とても垢《あか》抜けない子だったのよ」

グラスを口に運びながら美佐が言っている。

劇場からほど近い場所にある隠れ家のようなバーである。美佐と七実はカウンターのすみの席に腰かけ、カクテルを飲んでいる。

「ローティーン向けの雑誌モデルで、わたしはメイク特集のときに呼ばれたの。子どものメイクなんてしたくなかったけど、義理があって仕方なく受けた仕事だった。ツカサちゃんは一重まぶたなのがコンプレックスで、どうしたらいいのか教えてくださいって言ってきたの」

「一重まぶたですか」

七実は言った。

そういえば十六歳のツカサは一重の大きな目を強調したメイクをしていた。強くて挑戦的なキャットアイ。今も目の形は変わっていないが、可憐な印象のほうが強くなっている。どちらにしろ雰囲気が圧倒的で、目や鼻のひとつひとつの形など気にならない。

「わたしは一重なのはまったく気にする必要はないと答えた。目はメイクでどうにでもなるし、あなたの顔は完璧だからいじっちゃダメだって。それよりもお母さんに頼んで歯を矯正《きょうせい》してもらいなさいって。歯並びは悪くはなかったけど、モデルになるには揃ってなかったから。

次に会ったとき、彼女は歯の矯正器具をつけていた。とても誇らしそうに教えに来たわ。だから次はニキビをなくして、髪を切りなさいって言ったの。矯正器具がとれたら大人のメイクをしてあげるって言ったら、彼女が十六歳のときに所属事務所から仕事の依頼があった。わたしの好きにさせてもらえるならって言って受けて、グラビアのヘアメイクをしたわ」

「あのグラビアはとてもよかったです。それで注目を浴びたんですよね、確か」

七実は言った。ゆっくりと赤い炭酸入りカクテルを味わう。バーへ来るのは久しぶりだ。何を飲むか迷って、赤いカクテルをくださいと言った。

美佐は七実に視線を向けず、ひとりごとのように続けた。

「カメラマンとスタイリストも最高だったのよ。当時はわたしも派手な仕事をしていたから、わがままが言えたのね。セクシーなメイクだから事務所はいい顔をしなかったけど、ツカサちゃんが妥協《だきょう》したくないって言い張ったの。それからわたしは彼女のメイク担当になった。お人形みたいな顔して強い子だったなあ。そこが好きだった。この子は売れるって思った。事務所が馬鹿《ばか》な売り方をしなければ」

「馬鹿な売り方したんですか？」

「何年も経ってるからね。いろいろあるわよ、向こうもこっちも」

美佐はさらりと流した。

「人の顔って面白いと思わない？　みんな同じものがついているのに、一瞬で読み取れる情報がとても多い。どこに力を入れるかで訴えかけるものがまるで違ってくる。気づいていると思うけど、わたしはしっかりと色を使って線を描いて、顔に作品を作りあげちゃうほうなの。本当はデコボコなものをまっすぐにしているだけなんだけどね。おかげで一時代は築いたけど、今の流行りではないのよ」

「流行のメイクをすることもできるでしょう。美佐さんくらいの力があれば、その気になればなんでもできると思います。今日お会いした人たちだって、みんな美佐さんと一緒に仕事をしたがっていました。せっかくの技術を使わないのはもったいないです」

「もちろんオファーはあるし、やりたいならどこでだって、どんなメイクだってするわよ。でも、なんだろうな……。あるとき急に思ったのよね。完成品には飽《あ》きたって」

かすかに苦笑して美佐は言った。

「完成品？」

「女優やモデルは、わたしがメイクしなくても十分綺麗。そのことを自分でも知ってる。万人受けする美人を目指すと印象が薄くなっていくしね。そういう人たちよりも、不完全で、垢抜けなくて、自分が綺麗であることに気づいていない顔のほうが面白いなって。

磨いていない顔を仕上げるのって、とてもやりがいがあるし楽しいわよ。いいところを指摘すると驚かれたりする。写真を撮るときって何かの節目であるときが多いでしょ。顔が変わると覚悟が決まってくる。このメイクで彼女の一生を変えたんじゃないかって思うことがある」

「だからわたしに仕事を頼んだんですか？」

七実は尋ねた。

誰かにメイクしたい、年下の友人として引き連れていきたいだけなら、きれいなモデルがいくらでもいる。美佐のようなスタイリッシュな人間が、わざわざなぜレンタルフレンドを頼んだのだろうと思っていた。

依頼前の段階では七実の顔写真を公開していない。たまたま好みの顔だったからよかったが、そうでない可能性もあったわけである。

「お願いしたのは勇気がなかったからよ。あの場所にひとりで行けなかった。誰かについていてもらいたかった。それだけ」

美佐は初めて弱音を吐いた。恥じるようにアイリッシュウイスキーを口に運び、目を細める。

「ツカサちゃんは、わたしが怒っているって思い込んでいたんだと思う。週刊誌にも書かれたし、事務所が変わって専属が外れて、お互いの連絡先もわからなくなっちゃったから。どうでもいいから放っておいたんだけど、最近になって、ツカサちゃんがわたしと連絡を取りたがっているって聞いたのよ。

あの子はものすごく強情だけど繊細でね。イメージチェンジが成功してこれからってときなのに、わたしのやり方に引っ張られていたらダメになる。だから今日、会うことにしたの」

「さよならを言うために？」

「そう。わたし、ちゃんとツカサちゃんを振ってあげたのよ。優しいでしょ」

美佐は七実に目を向け、華やかに笑った。

本当だろうかと七実は思う。あの赤い花束はツカサのために用意したのではなかったか。

舞台袖に行ったとき、美佐はツカサを待っていた。あのときに仲直りしたかったのではないか。

だが美佐はツカサを見なかったし、ツカサは周囲に人がいるときには美佐に話しかけなかった。ふたりともお互いが好きなくせに、ひとりでいることを選んだのだ。

「与里子さん、こんにちはー……って、なんでここに美佐さんがいるんですか！」

七実がマキと事務所のリビングに入っていくと、ソファーには美佐と与里子が並んで座っていた。びっくりしてバッグを取り落としそうになる。

「こんにちは、七実ちゃん」

美佐はすました顔で言った。与里子が満面の笑みで割って入る。

「うふふ、スカウトしちゃった。常々事務所にプロのヘアメイクさんが必要だと思ってたのよ。今お話を聞いていたところ。美佐さん、本当に素敵な女性よねえ。すっかりファンになっちゃった」

「はじめまして。新山《にいやま》マキといいます。星野《ほしの》さんの同僚で、事務所に所属しているプロのフレンドです。お噂《うわさ》はかねがね。これからお仕事ご一緒できるんですか？　嬉しいわー」

七実のうしろから入ってきたマキはちゃっかりと前に出て自己紹介し、美佐はにこやかにうなずいている。仕事のクレームでなかったことには安心したが、七実を抜きにして話を進めるなと言いたい。

だいたい与里子はお節介なのである。

劇場の楽屋口で男性スタッフに止められたとき、わざとらしく胸を押さえて駆け込んできたのは与里子だった。バックアップすると約束した通り、当日も様子を窺《うかが》っていたのだろう。あるいは最初から美佐に目をつけて、スカウトできるかどうか見極めるつもりだったのか。

「七実ちゃん、そのメイク自分でやったの？」

「今日は三十歳の主婦だったんですよ。あえてのすっぴんに近いメイクです」

「それにしてもね……」

「ハルカさんはどうだったの？」

七実と美佐の会話をよそに、与里子が尋ねてきた。

「無事、彼氏と別れることができそうです。また復縁要請が来たらお願いするって言われました。念のため、録音データをさっきハルカさんに送りました」

ソファーに座りながらマキが言った。マキも今日は姐御《あねご》肌の独身キャリアウーマンになりきっている。

さっきまで一緒にいた顧客は三十歳の女性である。高校のときの友人グループのひとりというていで、七実はマキの手伝いで参加した。恋人と会ってほしいというのでてっきり結婚の話をすすめたいのだと思ったら逆で、別れるための援護射撃を頼んできたのだった。

「こういうことは本当の友だちには頼めないものなの？」

「友だちは彼氏の味方なんですよ」

与里子はいそいそとふたりのために紅茶を用意し、新しいクッキーの缶を開けた。七実はついついチョコレートクッキーに手を伸ばす。ダイエット中なのだが、見たことのないお菓子があったら味を見ずにはいられない。

七実はクッキーを食べながら、さっきまで会っていた自信なさげな女性――わたしは悪くないですよね？　別れてもいいですよね？　と、目に涙を浮かべながら訊いてきたハルカを思い出す。

ハルカはひとり暮らしの派遣社員で、彼氏は大手企業の優秀な会社員だった。交際することになって最初は有頂天になったが、一年も経たないうちに合わないことに気づいた。ふたりでいても楽しくないのだ。

すぐに別れられると思ったが、何度も別れを告げたのに彼氏は納得しなかった。それどころか、ハルカの友達を巻き込んで復縁の説得にかかってきたのである。

あんないい人いないよ。ハルカにはもったいない、愛されてうらやましいと親友にまで言われ、友人と遊ぶつもりで出かけたら彼氏がいたこともあって、ハルカは疑心暗鬼になっていた。友人たちはハルカよりも彼氏を信用していて、ハルカが何を言っても彼氏のほうが正しい、ハルカがわがままだということになってしまう。自分の感情がわからなくなって、藁《わら》にもすがる気持ちでレンタルフレンドの依頼をしたのである。

わがままだろうがなんだろうがハルカはあんたのことが嫌いなの。別れるのに理由なんか要らないし、何を言ったってあたしはハルカの味方。これ以上しつこくすると警察行くよ。

マキは迫力満点の啖呵《たんか》を切ったが彼氏は怒らなかった。涼しげな眉を困ったように寄せ、マキとハルカがいなくなったとき、七実に、誤解をといてもらえないかと持ちかけてきた。

――あの男、絶対に七実から崩そうとするはずだから。録音とっといてね。

マキの予測は当たっていた。彼氏はまっすぐに七実の目を見て、ハルカを幸せにできるのは自分しかいないという話をした。ハルカがどれだけダメな女性で、そんなハルカを自分がどれだけ大切に思っているか。優しく力強く、誠実な態度だった。

七実は彼氏の味方を装って話を聞き、ハルカのためならいつでも身を引くという言葉を引き出した。そのあとで三人で食事をして、盛大に悪口を言って盛り上がった。ハルカは今度こそしっかり別れると決意したようだ。役にたったのならいいのだが。

「――友だちって、いればいいってものじゃないのね」

美佐がしみじみと言った。

「あら、ハルカちゃんの友だちだって、悪い子たちじゃないのよ。みんな優しいの。だからやっかいなの」

与里子が言い返す。与里子は何があっても女性の悪口を言わない。

「そういうときのためにレンタルのお友だちがいるのよ。美味しくて楽しいところは本当のお友だちがとればいい。面倒なことはみんな、わたしたちがやってあげる」

何かにつけて語りたがるのは与里子の悪い癖だ。

与里子の流れるような声を聞きながら、七実は二枚目のクッキーを食べる。好きなものが別にあっても、新しいものがあればついつい食べたくなる。いちばん好きなクッキーがなんなのかはもう忘れてしまったが、二枚目がおいしければそれでいい。

# 第三話

# 臆病な猫を抱く

五十嵐野枝《いがらしのえ》から電話があったのは平日の夕方、月の中程の時期だった。

野枝からの電話があるのは珍しい。普段は別れるときに次の待ち合わせ時間を決め、細かいことはメールで連絡してくるのである。

『七実《ななみ》ちゃん。ごめんなさいね、急に』

電話口の野枝の声はいつもと同じように落ち着いていた。

「いいんです。ちょうど誰かと話したいところだったので。野枝さん、何かありましたか？」

七実はスマホを耳にあてながら尋ねた。

七実は仕事をひとつ終え、地下鉄の駅へ向かって歩いているところである。結婚式なので濃紺《のうこん》のワンピースを着て髪も整えている。靴のヒールを壊しそうで怖いが、少し歩きたい気分だった。

今日は結婚披露宴における新婦友人役で、親友としてスピーチをした。披露宴といっても内輪だけの小さなもので、慣れた仕事である。

後味はよくない。終わったあと、控え室で新婦とふたりきりになったときに言われたのである。

七実さん、よくこんな仕事してるよね。恥ずかしくないの？　わたしだったらありえないわ。今日は仕方ないから頼んだけど、絶対に本当の友だちにはなれないと思う。

新婦はボクサー――暴言を吐いてすっきりしたいタイプだった。七実は曖昧《あいまい》な笑顔になって、面白いですよと答えながら経費の精算をした。美容院の費用を請求すると、新婦は、お祝いしようという気持ちはまったくないわけね？　と言いながらお札を放ってよこした。

仕事の依頼は新婦から直接来たもので、七実がレンタルフレンドだということは新郎も、新婦の家族でさえ知らない。結婚式だというのになぜ新婦はこんなにイライラしているのか。わからないが追及はせず、幸せになってねと型どおりの挨拶《あいさつ》をしてその場を離れた。

こういうときはダメージが大きい。どう答えればよかったのか。まだまだ自分は与里子《よりこ》のように人を見る目はないようだ。

『次の約束なんだけど、延期してもらえないかしら。それから――七実ちゃんに頼みたいことがあって』

電話の向こうでは野枝が話している。遠慮がちだが落ち込んでいた七実にとっては天使に思える。七実は地下鉄に入らず出入り口のすみに立った。

「了解です。わたしにできることならやりますよ」

『今ね、わたし、病院にいるの。精密検査をする必要が出てきてしまって、結果によっては長い入院になるかもしれないのね』

「え、それは大変ですね。お見舞いに行きましょうか」

『そうしてくれるとありがたいわ。もちろんお金は払うから』

野枝はビジネスライクである。料金のことをこちらから言い出さなくていいのは助かる。野枝とは月に一回、映画を観《み》てランチをする契約になっている。キャラクターは作らなくていい、誰かと会うこともない、料金は前払いの振り込みで、当日の予約や支払いはすべて野枝が行う。やりやすい仕事相手である。月に一回というのは頻繁《ひんぱん》なもので、野枝が聞き上手なのもあって、最近は本気で野枝に仕事の愚痴《ぐち》を言ってしまいそうになる。

七実は野枝が感情を激しくするところを見たことがない。四十六歳の翻訳《ほんやく》家、自立した独身の中年女性というのはこういうものなのか。野枝との仕事を始めて一年近くになるが、会うといつも不思議な気持ちになる。

『悪いんだけど、なるべく早く来てもらえない？』

「体のことで何か？　大丈夫ですか」

七実は尋ねた。野枝はきちんと予定をたててこなしていく人で、急な用事を頼むことはこれまでになかった。入院となると心配になる。

『わたしじゃなくて、お願いしたいのは猫なの。給餌器《きゅうじき》があるからごはんはしばらく大丈夫なんだけど、トイレの始末がね。ペットシッターが見つかるまでの間、わたしの家に行って、様子を見てもらいたいの』

「ああ、そういうことですか。野枝さんの自宅って練馬《ねりま》でしたよね。いいですよ。どこの病院ですか？　明日……だと夜になります。明後日《あさって》の午前中はどうですか。今日でも行けるには行けますけど――」

七実は言いながら自分の胸もとを見る。ワンピースに映えるコットンパールのロングネックレスがきらきらと光っている。

「――病院の内科病棟よ。一般面会は五時まで」

野枝は総合病院らしい名前を言った。今日か明日に来てもらいたいそうである。

「実はわたし、結婚披露宴の帰りなんです。だからドレスを着ているんですよ。家に帰る時間がないので、今日だったら、この格好でよければってことになるんですけど」

七実は正直に言った。

『結婚披露宴』

野枝は苦笑した。

『格好はなんでもいいわ。明日からの検査のスケジュールはまだわからないの。七実ちゃんは忙しいし、無理にとは言わないけど』

「了解です。これから行きますね」

『ありがとう。急で悪いけど、七実ちゃん以外に頼める人を思いつかなくて。わたしだけならどうにでもなるんだけど』

「わたしに気をつかわないでください。野枝さんのほうが大変なんですから。必要なものがあったら買っていくのでメールしてください。食事制限とかはないですか？　フルーツか何か持っていきましょうか」

『七実ちゃんがいいと思うものを持ってきて。領収書をもらってね。すぐに払うから』

「わかりました。何かあったらいつでも連絡してください」

『連絡ってＬＩＮＥ《ライン》とか？　ほかに契約が必要じゃなかったかしら』

「オプションでいろいろあるんですけど、非常事態なので今回は連絡を無料にします。三十分につき二千円と実費で、友人としてできる範囲のことはやります。そんなに頼りになるタイプでもないけど、頼っていいですよ。早く元気になって、面白い映画をたくさん観に行きましょう」

『――ありがとう』

野枝は少し声をつまらせ、何度目かの礼を言った。


二日後の午前中、七実は野枝のマンションへ向かって歩いていた。

野枝からの依頼は問題なかった。七実のパーティドレス姿に野枝は微笑《ほほえ》み、七実はこんな格好ですみませんと言いながらお見舞いのフルーツゼリーを冷蔵庫に収めた。その場で自宅の鍵を預かり、猫の世話のやり方を教わった。

七実ちゃん以外に頼める人を思いつかなくて、か――。

七実は練馬の住宅地を歩きながら思い出す。

家族とは絶縁しているの、と野枝からさらりと言われたのは七カ月前。三回目のランチのときである。

二回目のデートのあとで打診があって、毎月一回、必ず会うという契約をしたばかりだった。七実はまだ会社員だったが、月の最初の休日に野枝と会うのは楽しかった。野枝がいたからフリーランスでやっていく目処《めど》がついたのである。

その日はフランスの恋愛映画を観た。野枝は意外とロマンティックな映画が好きなのだ。

映画のあとで年間契約のお祝いをしようと野枝が言い出して、浅草《あさくさ》の名店のすき焼き店に行った。一回食べてみたかったというすき焼きのコースを食べていたら、隣にいた家族連れの小学生くらいの姉妹が喧嘩《けんか》を始めた。謝る両親にいいんですよと答えながら、野枝はふと口に出したのである。

「わたしにも妹がいるのよ。仲のいい姉妹だったわ。あんなふうに喧嘩したなあ。もう昔の話になっちゃったけど」

「そうだったんですか。野枝さんはお姉さんという感じですよね。妹さんとは今も仲良しなんですか？」

七実は笑顔で尋ねた。野枝はあまり自分のことを喋《しゃべ》らない。家庭の話をするまでに打ち解けてきたのかと嬉《うれ》しかった。

「もう十年以上会ってないわね。絶縁しているのよ。向こうもわたしに会いたくないでしょうし、会わなくて困ることもないし。こういうのもわずらわしくなくていいものよ」

野枝は白菜を鍋に沈めながらさらりと言った。

「絶縁――ですか……」

箸《はし》が止まる。こういうときはどうするべきか。たちまち考えはじめた七実に野枝は苦笑した。

「変なこと言っちゃったね。気をつかわないで。わたしは七実ちゃんには正直にいてもらいたいの」

「すみません。びっくりしました。野枝さんはその……いいご家庭で育った人なのかと思っていたので」

七実は言った。

ややこしい人間関係を抱えている客はどこか危ういものだが、野枝にそういったアンバランスさを感じたことはなかった。感情はいつも安定している。言葉遣いも丁寧だし、翻訳家だけあって博学で趣味も洗練されている。

「いい――っていうのがどういうものなのかわからないけど、普通の家庭よ。父は公務員だし、母も妹も優しい人。いろいろあったんだけど、毒になる親だの、虐待《ぎゃくたい》だのに比べたらささいなことね」

「何があったんですか?」

「妹にね、婚約者をとられたの」

野枝はごくなんでもないことのように七実に告げた。視線は鍋の春菊に注がれている。

七実は黙った。

姉妹でひとりの男性を取り合ったということか。重すぎてどう答えたらいいかわからない。

しかし野枝が話したいのであれば聞かなくてはならない。

「――野枝さんの婚約者さんが……妹さんと、浮気をしたんですか？」

七実はおそるおそる尋ねた。

野枝は少し考えた。

「そうね。あれは浮気ね。佐伯《さえき》さん――わたしの婚約者だった人は、結婚の挨拶に来たその日に初めて妹と会って、好きになっちゃったの。わたしは彼から破談を申し込まれるまで気づかなかった。泣いてすがったけど、そのときには妹のおなかに赤ちゃんがいたから、もうどうしようもなくてね」

「それって……。婚約者さんが、野枝さんに内緒で妹さんと付き合っていて、赤ちゃんまでできちゃったってことですか？」

それはただの二股《ふたまた》男なのでは。何より妹がひどすぎます。ご両親はなんて言ったんですか。七実が思わず口に出す前に、野枝は首を振った。

「わたしが鈍かったのよ。おかしいと思うことはあったけど追及しなかった。妹はわたしになんでも話してくれる子だったし、わたしに内緒で佐伯さんと妹が付き合っているなんて考えてもみなかった。仕方ないでしょう。そういうのって自分たちにもコントロールできないんだわ、きっと」

春菊がいい香りを放ちはじめる。隣では姉妹があっというまに仲直りをして同じ鍋をつついている。目を細めて姉妹を見つめ、少し寂しそうに野枝は続けた。

「あれはどうしようもないことだったのよ。佐伯さんと妹は愛し合っていたし、ふたりとも誠実で優しい人間で、わたしのために苦しんでいた。わたしが彼に夢中だったから、ふたりとも言い出せなかったんだと思う。両親は、子どもができたと知って妹を責められなくなった。わたしが身をひけば、すべてが丸く収まる。そういう状況だったのよ」

「ご家族はそうかもしれないけど、野枝さんの気持ちはどうなるんですか」

「だから絶縁したの。どうしようもないことだから」

たった三回会っただけのレンタルフレンドに向かって、野枝はどうしようもないことだと繰り返した。

「妹は婚約者と結婚して幸せに暮らしているでしょう。あのときの赤ちゃんはこの子たちくらいになっているはずだわ。とても可愛《かわい》いでしょうね。わたしが彼女たちに会ったらすべてがぶち壊しになる。だからわたしは絶縁した。家を出て、行く先は誰にも知らせていない。もう二度と会うつもりはないわ」

野枝は半端な同情を欲していなかった。家族の悪口も言われたくなさそうだった。こういうことだから詮索《せんさく》するなと先手を打たれた気がした。

「でも、野枝さんは被害者なのに……」

「大人の恋愛だもの。どっちが被害者とか加害者とか、そういうのは考えたくないの。どんな結果もわたしが選んだことよ。──あえていうなら、復讐《ふくしゅう》なんだと思うわ」

「復讐？」

唐突に出てきた言葉に七実は戸惑う。

「わたしは彼女たちを憎まないけど許さない。あの人たちは一生、娘にも姉にも会えなくて、どんなに幸せであっても、うしろめたい気持ちをひきずりながら生きるでしょう。そうあってほしいわ。そのために離れたのかもしれない」

むしろ明るい声で野枝は言った。

七実は野枝を見つめてうなずいた。

「野枝さん、辛《つら》くなったらなんでも言ってくださいね」

「そうね。せっかく年間契約をしたんだし」

その日はなごやかにすき焼きを食べ、映画の感想を言い合って、解散した。

それ以来、七実と野枝の間に家族の話が出たことはない。

野枝の家は築二十年は経《た》っているだろうレンガ造りのマンションだった。住宅地だが駅から遠くオートロックでもない。意外だった。在宅の仕事場を兼ねているし、ペット可で六階建てのマンションなのだから、それなりに贅沢《ぜいたく》なところだと思っていた。不穏な音がするエレベーターに乗り込みながら、七実は、なぜ野枝は七実にペットシッターを頼んだのだろうと考える。もう十回ほど会っているが、自宅の鍵を預けるほど信頼されていたのだろうかと。

野枝に恋人はいない。おそらく破談になった婚約者——妹の夫のことを今でも思い続けているのだろう。月に一回、映画の感想を言い合っていれば、なんとなく相手の人生観や恋愛観というものもわかってくる。

野枝はフリーランスの翻訳家だが、扱っているのは文芸翻訳ではない。海外の機械のマニュアルや業務用のテキストを訳している。依頼元は国内のメーカー企業で、メールや郵送で資料を受け取り、同じように納品する。だいたいそのまま採用されて口頭のやりとりをすることはほぼないらしい。

つまり野枝は、その気になれば誰とも口をきかなくても生活できるということになる。

野枝は優しいが、積極的に人と知り合っていくタイプではない。七実に対しても契約関係であるということを意識しているようで、常に一線を引いている。

ひょっとしたら野枝には七実以外に話し相手がいないのではないか――。

妹とのいきさつが本当なら、一切の情報を聞きたくなくて、友達ごと縁を切っているということもありうる。妹に婚約者を取られたなどというのは、悪意がなくても噂《うわさ》好きな人にとっては格好の話題だろう。

復讐という言葉はしっくりこなかった。野枝の性格からして、婚約者と妹が好きだから、幸せになってほしいから身を引いたと言われたほうが納得できる。あれはあの場で七実を納得させるための方便だったのではなかろうか。

どちらにしろ、人の心は他人にはわからないものだが。

「こんにちは――……」

七実は野枝から預かった鍵でおそるおそる玄関に入った。

本人から頼まれたとはいえ、人の家に勝手に入るというのは居心地が悪い。

マンションの外観の古さに反して明るい部屋だった。壁紙や玄関まわりの感じが新しくて使いやすそうだ。短い廊下を曲がったところにすりガラスの入ったドアがある。

ガラスの向こうに白黒の猫のシルエットが見えた。人が来たので近寄ってきたらしい。

ドアをそっと開けると、少し離れた場所に二匹の成猫《せいびょう》がいてこちらを窺《うかが》っていた。白黒の猫とサビ猫である。サビ猫は壁際にはりつくようにして七実を見ており、白黒猫は一メートルほど離れた場所にいる。

「こっちがオードリーちゃん、あっちがビビアンちゃん……かな？　チビスケは？」

七実は野枝から送られた猫の写真を見ながらつぶやいた。

白黒がオードリー、サビ猫がビビアン。この子たちはもう十歳だし、わりと人なつこいからすぐに慣れると思う。

問題なのはチビスケ。気が小さくて、宅配便の人が来ただけで怯《おび》えちゃうの。ストレスがあるとごはんは食べないし、吐くし、血尿は出すし便秘にはなるし、手間がかかるのよ。そこが可愛いんだけどね。

野枝がチビスケを見つけたのは一年前の雨の日だった。道ばたで濡《ぬ》れていた野良の子猫。ひとまず保護して里親を探すつもりだったのだが、目を離したら死にそうで、世話をしているうちに情が移ってしまった。病院では、弱いので母猫においていかれたのではないかと言われた。

「チビスケちゃんはいませんねえ……。あんたたち、どこにいるか知らない？」

七実は絶妙な距離をあけてこちらを見ている二匹の猫に向かって言った。

紺色のカーテンを開き、いちばん近い窓を開けて空気を入れ換える。

もともと和室だったのをリノベーションしたらしい、広い２ＬＤＫの部屋である。五階の角部屋で、近くに公園があるので見晴らしがいい。所属していた翻訳の会社を辞め、フリーランスになったタイミングで野枝はここに引っ越したらしい。

入ったところがダイニングキッチンになっている。テーブルの上には数冊の本と卓上カレンダー。居間にはクッションと長い座布団と家具調こたつ。家具が少ない代わりに奥の一面が本棚になっていて、雑誌や本やＤＶＤがきちんと収められている。

卓上カレンダーの最初の週の水曜日に青で丸がつけられ、映画のタイトルが書かれている。七実と会った日である。野枝は月に一回の七実との映画デートを楽しみにしているようだ。

あちこちに猫の毛がはりついている以外はどこも清潔に片付けられていた。キッチンには猫の給餌器、居間の部分に猫用のトイレが、それぞれふたつ並べて置いてある。

野枝らしいと七実は思った。派手ではないが居心地よく完結している。知的で落ち着いた部屋である。

居間の隣に引き戸が開けっぱなしになった部屋があった。おそらくここが仕事部屋だろう。中にあるのは本棚とデスクと、猫のトイレと給餌器がさらにひとつずつ。本棚の一部に電子機器と写真立てがある。デスクの上にはパソコンと辞書が二冊、ノートとファイル類。野枝はベッドを使わないらしい。奥に、もとは押し入れだったらしい横開きの引き戸がある。

横のコルクボードには写真や葉書が貼られていた。例の恋人とのものもあるようだ。

プライベートな空間を見るのは気が引けたが仕方がない。私的なものから目をそらして探し、やっとデスクの下に小さな茶トラの猫がいるのを見つけた。七実がのぞき込むと、壁際に体を押しつけて目を丸くしている。

「ごめんねチビスケちゃん。いるならいいのよ」

撫《な》でてみようかと思ったが、怯えているのでやめた。病気や怪我《けが》がなさそうなのを確認し、居間に戻る。離れたところから写真を撮った。

仕事部屋の猫トイレは汚れていなかった。居間のトイレの始末をし、猫砂を足し、三つの給餌器にドライフードを入れる。簡単だと思ったが案外時間がかかってしまった。

最後に水を取り替えて振り返ると、白黒猫のオードリーが床にごろんと横になり、腹を出して誘っていた。


写真つきのメールを送り、郵便物を届けるために病院へ行った。

仕方のないこととはいえ家に勝手に入られるのは気持ち悪いだろう。七実は談話室で無料のお茶を飲みながら、できる限り部屋のものには触らなかったこと、チビスケは怯えていたが元気だったこと、オードリーにねだられてブラッシングをやり、ビビアンが退屈そうだったので少し遊んだということを報告した。

「オードリーは撫でられるのが好きなのよ。誰か来るとすぐ玄関へ行くし、わたしが帰ってくるとブラッシングしろって言うの。でもまさか、七実ちゃんにも要求するとは思わなかった」

写真を見ながら、野枝はおかしそうに笑った。

野枝は入院中だがパジャマではない。髪をひとつにくくり、紺色のジャージのパンツと前開きのカットソーを着て、カーディガンを羽織っている。

いつも薄化粧でシンプルな服装なのでそれほど変わって見えない。入院になったのは突然だと言っていたが、まるで準備をしていたかのようだ。特別におしゃれなわけではないが、どこにいてもきちんとしている女性である。

「あの二匹は大丈夫そうです。チビスケちゃんが心配ですね。ちゃんとごはん食べているのかどうか」

「もし何日か経っても食べていないようなら、時間があるときに抜け出して見に行くわ。ペットシッターは男性ならすぐに頼める人がいるみたい。女性がよかったんだけど、贅沢は言っていられないわね」

「わたしがやりましょうか？　三匹の性格もだいたいわかったし、トイレの掃除をするだけなら明日と明後日も行けますよ。その後は予定が入っている日もあるけど、早朝か夜になっていいなら大丈夫です」

七実が言うと、野枝は明らかにほっとした。自分のことよりも猫のことばかり心配しているのである。自宅の鍵を渡すときも背に腹は代えられないといった様子だった。

「そうしてくれるととても助かる」

「ペットシッターより割高になるかもしれないですけど」

「いいわ」

「じゃ、あとでメールを送ります。今後の予定はまだわかりませんか？」

「早ければ今週中に退院できるみたいだけど――」

野枝はふっと言いよどんだ。

手もとの布のバッグから映画の前売りチケットを二枚出し、テーブルに置く。

「これ、今度行こうと思っていたものだけど、行けそうにないから七実ちゃんにあげる。友だちと行ってきて」

「だったら払い戻ししてきますよ。せっかくだから野枝さんと一緒に行きたいです」

「――そうね」

七実はチケットを受け取った。財布にしまっていたら、かたわらにいた年配の男女のうち、女性のほうがにこにこしながら話しかけてきた。

「お友だち?」

「そうです」

七実は答えた。

ふたりは夫婦のようだった。小柄な女性のほうはパジャマ姿だ。足もとがおぼつかないので、男性がかたわらで腕を持って支えている。

「同室の患者さんよ。——今日は旦那《だんな》さんもご一緒ですか?」

夫婦が去らないので、野枝がやや早口で七実に紹介した。夫婦は七実と野枝を見比べるようにして話しかけてくる。

「ええ、天気がいいから散歩に行きたくなって。あなた、この間も来ていた人ですよね。いただいたゼリー、とても美味《おい》しかった。娘さんには見えないし、年の離れた妹さんなのかなあって主人と話してたんですよ」

「召し上がっていただけたならよかったです」

七実はにこやかに言った。

そういえば彼女は前回のお見舞いのときにいた。差し入れを日持ちのするフルーツゼリーにしてよかった。野枝の入院生活が少しはいいものになるだろう。

「行きましょうか、七実ちゃん」

野枝が立った。夫婦は雑談をしたそうだが、付き合いたくないらしい。

「はい。わたし、お花を活《い》けてきますね」

七実はかたわらの花束を持って立ち上がった。来る前に買ってきたのである。花瓶《かびん》も抜かりなく百円ショップで買ってある。

洗面所を探して歩いていたら、若い看護師の女性が走っているのが見えた。忙しそうだなと思っていたら、七実をめがけてくる。

「すみません、五十嵐さんのお見舞いに来られた方ですよね。——ご家族ですか？」

看護師は早口で七実に尋ねた。

「いいえ、友人です」

「ご家族の方と連絡をとりたいんですが、どこにいらっしゃるかご存じじゃないですか」

「わたしは知らないんです。何かありましたか？」

看護師は表情を曇《くも》らせた。

「検査だけならいいんですが、手術になったら保証人が必要なので……。うちの決まりなんですよね。困ったな」

「——保証人」

看護師の目が、あなたが保証人になれないかと言っている。

「じゃ——ちょっと……訊《き》いてみます」

無言の圧力に負けてつい答えてしまった。

「お願いします」

「あの——手術って、野枝さん、けっこう悪いんでしょうか？」

「それを知るための検査をしているので。すみません、お手間をおかけします」

看護師はぺこりと頭を下げ、来た方向へ走っていった。

廊下の向こうでは同じような看護師が白いパンツの看護服姿でせかせかと歩いてまわっている。

この階は内科病棟の消化器科と婦人科だ。野枝が何の病気なのか七実は知らない。野枝から話すまで尋ねないつもりである。野枝についてはいつもそうしている。

野枝と家族が絶縁したのはいつのことなのだろう。

ぼんやりと七実は思い出そうとする。自宅に帰れば、最初に話したときの簡単なメモがあるはずである。

妹とのいきさつは辛かったと思うが、子どもが小学生になるくらいの月日が経っていれば、もう許してもいいのではないだろうか。妹はともかく両親には会ってもいいような気がする。

まして今、野枝は重病かもしれないのである。

七実は花を持って野枝の病室へ入った。ふたり部屋だが、同室の女性はまだ帰ってきていない。夫婦で散歩に行ったのかもしれない。

野枝はベッドで本を読んでいた。七実が頼まれて買ってきた翻訳小説である。七実を見ると顔をあげ、花を見てきれいねとつぶやく。

「さきほど看護師さんから野枝さんのご家族の連絡先を訊かれました。保証人が必要になるかもしれないということで。知らないって答えておきましたけど、よかったですか？」

「承知しています。お世話になっている弁護士さんがいるから、保証人になってもらえるかどうか問い合わせているところなの」

「わかりました。今度訊かれたらそう答えておきますね」

七実は窓際に花を飾りながら答えた。


「保証人？　それなら事務所で手配できるわよ」

七実が尋ねると、与里子はあっさりと答えた。

与里子のマンション――『クッキー&クリーム』の事務所である。与里子は例によっていそいそと紅茶を淹《い》れている。テーブルの上には小さなクッキーの缶がある。

「本当ですか！」

「そういう話は珍しくないのよ。この国じゃ家を借りるとか結婚とか入院とか、いちいち他人が必要なのよね。倍のお金を前もって払って、全部の手配を済ませておいてもダメなんですって。七実ちゃんだって結婚の証人の判子、捺《お》したことあるでしょ」

与里子は七実の前に優雅に紅茶のカップを置いた。

今日はフォションのピンク色のカップである。七実がデニムに合うピンク色のニットを着ているからだ。仕事の合間とはいえ、毎日猫の世話をしているとどうしても服装がシンプルになる。

「ありますよ。親族が亡くなっていて頼める人がいないって人の結婚届に捺しました。あれ意味わからないですよね。無関係の人でもいいいなら何のためにあるんでしょう」

「その意味のわからないもののひとつが入院手術の保証人制度なのよ」

与里子は書棚から黒いファイルを取り出している。ぱらぱらとめくり、薄い冊子を抜き出す。

「弁護士の案件になるからお金はかかっちゃうけど、それでもいいかしら」

「それは大丈夫だと思います。野枝さんは支払いについては綺麗《きれい》なので……」

七実は紅茶を飲む手を止め、ふっと言いよどんだ。

「――七実ちゃん、今、自分が保証人になってあげようかと思ったでしょ」

与里子に言われてぎくりとする。

与里子は書棚の前に立ったまま七実を見ている。

「わかりますか」

「わかるわよ。長いお客さんには情も移るからね。でもやめなさい。七実ちゃんはプロなんだから。ボランティアじゃないのよ」

言い聞かせるように優しく与里子は言った。

だったら友達とは何なのだと七実は思う。レンタルの友達がプロで、本当の友達とはボランティアなのか。

「野枝さん、辛い過去を乗り越えてきているんですよ。ほかに友人も知り合いもいないみたいなんです。弱音は吐かないけど体だって楽じゃないだろうし、余計なことを考えないでゆっくりしてほしいです。保証人っていっても、野枝さんのことだからいろんな可能性を考えて準備していると思います。判子を捺すだけなら、わたしでもいいと思うんですよ」

「五十嵐さんはひとりで生きていく覚悟があるんでしょう。立派な女性ね。その覚悟を尊重してあげなさい。彼女みたいなお客さんは、むしろお金が介在していたほうが楽なのよ」

与里子はファイルから抜き出した冊子をテーブルに置いた。

「このパンフレットを渡しておいて。興味があるなら直接連絡をくださいって。七実ちゃんの役割はそこまでよ」

「――わかりました」

七実は答えた。与里子が断言することには逆らえない。

何も入れないダージリンは透明に澄《す》み渡っている。与里子は新しいクッキーの缶の蓋《ふた》を開けた。端のほうにある四角いクッキーを一枚取り出し、優雅に七実の紅茶皿に置く。

「チビスケちゃん、よかったー。やっとウンチした！」

野枝の仕事場のトイレに猫砂が山盛りになっているのを見て、七実は思わず両手を握りしめた。

チビスケは例によってデスクの下にいるが、少し近くなった。以前は壁に体をすり寄せて震えていたが、今は椅子《いす》のすぐ横でうずくまって七実を眺めている。怯えてもいないようだ。連日通って、オードリーとビビアンを撫でてやるのを見せつけて、やっと七実が敵ではないと認識したらしい。

猫砂を崩すとコロコロした排泄物《はいせつ》が出てきた。猫の世話は初めてだが、まったく汚いと思わない。シートが濡れているところをみるとおしっこもしている。野枝が心配していたように血液が混じっていることもない。

ドライフードの皿も空になっていた。七実がいない間に食べているのだろう。数日の便秘と食欲不振が治った。ひとまず責任を果たせたようでほっとした。

キッチンからは、オードリーとビビアンがフードを食べるカリカリという音がする。

仕事部屋の給餌器に新しいフードを入れていると、チビスケが歩いてきた。おそるおそる椅子の下を抜けて、七実から一メートルくらいのところでちょこんと止まる。

「チビスケちゃん、おなかすいたの？」

七実はチビスケに向かってささやいた。我ながら猫撫で声である。

ドライフードを数粒、手のひらの上に載せてそっと差し出す。チビスケは迷ったように七実の手のひらを見つめていたが、ゆっくりと歩いてきて手のひらの上のフードを食べた。

チビスケは茶トラの雄猫《おす》である。成猫だが雌猫《めす》のオードリーとビビアンよりも小さい。尻尾はちぎれてしまったのか半分くらいしかない。野枝は首輪をつけない主義らしく、首から腰にかけてなめらかな茶色い毛が光っている。

七実の手のひらにチビスケのざらざらした舌が当たる。食べるのがうまくないようで、すくい上げてはこぼしてなかなか減らない。チビスケの後頭部からは乾いた日向《ひなた》の匂いがする。

猫が食べる姿というのは可愛いものだなあ――と思いながらチビスケを眺めていたら、突然電話が鳴った。

仕事部屋の棚にしつらえてあるファクスつきの固定電話である。トゥルルルル、という電子音にびっくりしたようにチビスケが顔をあげ、急いでデスクの近くに戻った。

「――なんでこんなときに鳴るかなあ！」

せっかくチビスケが慣れてきたところだったのにと思いながら、七実は急いで立った。

電話機のディスプレイをのぞき込む。角度が悪くて最初の０６しか読み取れなかった。手を伸ばしたらコルクボードに触れてしまい、写真立てや小物がバタバタと落ちた。慌《あわ》てて拾い上げていたら電話が切れた。

「あー……」

七実はつぶやいた。

仕事の連絡だろうか。失態である。電話には出ないが、番号を控えて野枝に報告したかった。フリーランスにとって電話は大事である。

市外局番の０６を忘れないようにスマホに書きとめてから、コルクボードを直し、写真立てを手に取る。

写真立ての中は並んだ男女の写真だった。男性と野枝。確かめるまでもなく恋人同士だ。野枝は三十代だろうか。さらさらとした長い髪が肩に落ちている。花見デートの最中なのか桜の下で、少女のようなワンピースを着て笑っている。男性は中肉中背、素朴《そぼく》で優しそうな雰囲気である。

野枝はこれまでに見たこともないくらいの笑顔で、とても幸せそうだった。

初めて気づいたわけではなかった。最初にこの棚を見たときから、この写真立ての中にはもと婚約者との写真があるのだろうと思っていた。この部屋で最もプライベートな部分なので、触らない、見ないようにしていたのだ。

彼の名前は、佐伯――と言ったか……。

姉と妹で二股をかけるような男、ちゃんと付き合ってもいない女性を妊娠させた男。

そして今、彼は妹と結婚をして、野枝とのことを忘れて暮らしている。

七実は写真立てを電話機の横に注意深く戻した。

こんな男のために野枝が家族と離れるなんて間違っている。野枝はもっと幸せになっていい女性だ。今もこんなふうに笑ってほしい。四十六歳――ひとりで生きる覚悟を決めるには早すぎる。

これは復讐なのだと野枝は言った。どういう意味なのだろうか。穏やかな野枝にそぐわない。あのときもぴんと来なかったが、今もよくわからない。

床に、コルクボードに貼ってあった葉書がはがれて落ちていた。七実はそれを拾い上げる。一面には家族写真と、あけましておめでとうございますという文字。宛名《あてな》は白紙だ。古いものらしく黄ばんでいる。

家族写真のうちのひとりは野枝だった。写真立ての写真よりも若い。大学生――ひょっとしたら高校生なのかもしれない。和室の床の間を背景に四人で座っている。人のよさそうなお父さん、野枝によく似たお母さん、野枝、野枝を丸顔にしたような可愛らしい女性。野枝ともうひとりの女性は、それぞれが一匹ずつ猫を抱いている。どこにでもある中産階級の平凡な一家の写真である。

年賀状の残りらしく、下のほうに住所と家族の名前が書いてあった。

五十嵐　健司
　　　　恵
　　　　千紗
　　　　野枝
　　　　キキ&レン

吸い寄せられるように写真を眺めていたら、スマホが鳴った。与里子からのメッセージだ。与里子は今、野枝と保証人の契約をするために病院へ行っているはずである。

野枝さん、これから手術です。
わたしはしばらく病院にいます。
とりあえずお知らせまで。七実ちゃんも来られるようなら来てあげて。

スマホを握りしめる七実の足もとにチビスケが寄ってきている。いつのまにかオードリーとビビアンもやってきて、心配そうににゃーんと鳴いた。

「緊急といっても容体が変化したとかじゃなくて、たまたまお医者さんと手術室が空いたからですって。こういうこともあるのね。保証人の申し込みを受けておいてよかったわ」
病院の談話室で、与里子は紙コップの紅茶を飲みながら言った。

与里子は髪をうしろにまとめ、地味なスーツを着て眼鏡をかけている。テーマは生真面目《きまじめ》な独身女性か。野枝と雰囲気を似せてきている。こういうときでも役作りを忘れていない。

「保証人の契約って、面倒な弁護士の手続きがあるんじゃないんですか？」

「と思ったけど、時間がないからわたしがなっちゃった。野枝さんには了解済み。この際仕方ないわ。素敵な女性だしね」

七実には強く止めたくせにと思ったが、保証人になってくれたことはありがたい。病院にとっても七実よりも与里子のほうが信頼できるだろう。

「病名はなんだったんですか？」

「キャンサー。子宮癌《しきゅうがん》ですって。といっても今なら根治できるって。検査の結果、転移はしてなかった。だから今日の手術になったのよ。早いほうがいいからって」

「そうですか！　よかったです」

七実はほっとして大きく息をついた。病院へ来るまでの間に最悪のことを想像し、自分はどうしたらいいのかとずっと考え続けてきたのだ。

心配している人の病気について誰かと話し合えるというのは安心する。与里子は親族を名乗ったのか病状まで聞き出しているようだ。いつもながらの強引さだが、与里子に相談してよかったと思った。

やっと落ち着いて紙コップのミルクティーを飲んでいたら、思い出したように与里子が口に出した。

「野枝さん、出産の経験があるのね。十年前。死産だったらしいけど。知ってた？」

七実は与里子を見た。

「――いいえ」

「そうか。じゃ忘れて」

「はい」

手が震えた。紅茶の味がわからなくなった。

もしかしたら――間違っていたのではないか？

最初から、野枝はそのつもりで。すべての贖罪《しょくざい》を引き受けて、告解の相手に七実を選んだのではないか？

本当はずっと寂しかった。誰かに、家族に会いたかった。自分よりも二十歳も年下の七実に、レンタルフレンドの年間契約を申し込むほどに。

野枝の孤独は自分への罰だ。あるいは誰かからの復讐だ。

「――そろそろ手術が終わる時間ね。行こうか」

いつのまにか時間が経っていた。与里子がゆっくりと紅茶を飲み干し、立ち上がった。

門の近くから急に白猫が飛び出してきたので、七実は驚いて足をとめた。

都下の住宅地である。東京の中心地から離れていて、近くに畑もあるような場所だ。このあたりではまだ外飼いされている猫がいるらしい。あるいは年賀状で野枝が抱いていた猫も、外飼いされていたのかもしれない。

年賀状の住所を控えたのは万が一のことを考えたからだった。もしも野枝に命の危険があったなら、自分が家族に会いに行こうと思った。

野枝も内心では反対しないと思う。絶縁したはずの家族の住所がわかるものを電話機のそばのコルクボードに残しておいたのがその証拠だ。あれは、何かあったら最後にはここに連絡する、してほしいという野枝の意思だと思う。

野枝がそのことまで見越して七実に鍵を預け、猫の世話を頼んだというのは考えすぎだろうか——。

写真の男性——野枝の婚約者だった男の連絡先はどこにもなかった。

七実はそのことの意味を考えながら歩き、ひとつの表札の前で止まった。

ありふれた二階建ての家である。玄関脇には子ども用の自転車とスケートボード。駐車場にはシルバーメタリックのミニバン。手入れされた小さな庭に柘榴《ざくろ》と紫陽花《あじさい》が植えられている。

表札には、五十嵐と高橋《たかはし》というふたつの名字が並んで書いてある。

居間らしいガラス戸の向こうに猫が見えた。年賀状にあった二匹の猫とは違う。野枝の猫もそうだが雑種の日本猫だ。五十嵐家は根っからの猫好きらしい。

七実はインターホンを鳴らした。モニターの向こうで、はーいという声がする。

「突然すみません。五十嵐さんのお宅でしょうか。わたしは星野《ほしの》といいます。——大学の三年生です。五十嵐さんにお礼に伺いました」

七実は幼さの残る声で言った。今日はこのために女子大生風の服装をしてきたのである。

「はい。母のお知り合いの方ですか？　お花のお弟子《でし》さん？」

インターホンの向こうの女性が注意深く聞きかえす。声は野枝と似ていた。

「いえ、違います。お会いしたいのは五十嵐野枝さんです。わたしの母が友人なんですけど、このたび大変お世話になって。連絡先がわからなかったものですから、昔の年賀状を頼りに来ました。野枝さんはこちらにいらっしゃいますか？」

「——野枝ちゃん？」

インターホンの向こうで、千紗《ちさ》ちゃん誰なの？　という声がする。慌てたようになんでもない！　と言葉を返したすぐあとに、玄関の扉が開く。

顔を出したのは女性である。年齢は四十代――野枝と同年代だ。

七実は無邪気に頭を下げ、持参の和菓子の紙袋を差し出した。

「こんにちは。野枝さんはいらっしゃいますか？　このたびは母が大変お世話になりました。星野と言ってくだされればわかります。これ、お受け取りください」

「星野さん、野枝ちゃんと会ったんですか？　野枝ちゃん、どこにいるんですか？」

女性は七実の言葉を遮《さえぎ》った。

「千紗？」

廊下の向こうから怪訝《けげん》そうな年配の女性の声がする。

玄関にいた女性――千紗は、はっとしたように外に出て、玄関を閉めた。すがるような目で七実に目をやり、口を開く。

「野枝ちゃんに会ったら、言ってください。帰ってきてって。わたしはもうほかの人と結婚して、十分幸せだから。もういいから。みんな待っているから、帰ってきて。お願い」

五十嵐――高橋千紗。野枝の姉は、野枝に似たしっかりとした口調で、七実に懇願《こんがん》した。

「――わたしにはどうしようもなかった。ふたりは愛し合っていたんです。ふたりとも誠実な人柄で、わたしはとても鈍かった。あのときは恨んだし、もう二度と会わないとも言ったけれど、今になるとわかります。こういうのって、きっと自分でもコントロールできないことなんです。だから、野枝ちゃんがわたしに気をつかう必要は一切ないの」

七実の目の前で、千紗は野枝と同じことを言った。

自宅のそばのドーナツ店である。七実がどういうことですか？　と尋ねるよりも早く、千紗のほうから七実を連れ出した。母親に野枝という名前を聞かせたくないようにも見えた。

千紗は七実を見つめ、あれはどうしようもないことだったのだと繰り返した。

やはりそうだったのかと思った。

野枝の言っていることは間違っていなかった。姉の婚約者が妹を好きになり、姉の知らない間に妹と愛し合った。妹は妊娠し、姉は妹を恨み、ふたりは絶縁した。

千紗が姉、野枝が妹であることを除けば。

妹にね、婚約者をとられたの。あれはどうしようもないことだったの。

奪ったのは野枝のほうだった。野枝は千紗の知らないうちに千紗の婚約者と愛し合い、身ごもった。千紗は涙をのんで諦《あきら》めるしかなかった。

「星野さん――と仰《おつしや》いましたよね。噂は聞いているんでしょう？　あのときはおしゃべりな親族があちこちで話してまわっていたから。知っているのに知らんぷりはしなくていいです。そういうのは好きではないので」

千紗は静かに尋ねた。

「はい。なんとなく、母から。噂だけですけど」

七実は言った。

千紗は野枝と似ていた。ショートカットに薄化粧、デニムと薄手のニット。見かけはごく普通の主婦だが、野枝と同じようにごまかしを潔《いさぎよ》しとしない、理知的な女性だった。

「星野さんのお母さんは、野枝ちゃんと会っているんですか？　連絡先は――知らないんでしたっけ。旧姓は違うのかしら。なんて仰るの」

「佐藤《さとう》です。ごめんなさい、母は高校の同級生って言っていたけど、同じクラスじゃなかったかも。確かめてくればよかったです」

七実は母親思いの女子大生になりきってすまなそうな表情を作る。きっと同学年に何人かは佐藤さんがいるだろう。

「実は、母には持病があるんです。先日、新宿駅《しんじゆく》で発作が起こって困っていたんですけど、そのときに偶然野枝さんが通りかかって、母に気づいて助けてくれたそうなんです。もっと話をしたかったけれど、すぐに行ってしまったんですって。母は遠出できないので、わたしが代わってお礼をしに来ました。家をお訪ねすればお会いできると思ったものですから。まさか、野枝さんがずっと帰ってきていないとは知らなくて」

七実はすらすらと言った。この類《たぐい》の創作話をするのは慣れたものである。うしろめたいが仕方がない。

「そうなの……。じゃあ本当に偶然なんですね」

七実の母親が野枝と日常的な交流をしているわけではないと知って、千紗は目に見えて肩を落とした。

「人を助けるなんて野枝ちゃんらしいわ。そうか。わたしたちも早く結婚していたら、あなたくらいの娘さんがいてもおかしくないんですね」

七実はうなずいた。今日のわたしは二十一歳と自分に言い聞かせる。

千紗の言葉にわだかまりのようなものはなかった。恨みも憎しみもない。妹を愛し、心配し、会いたがっている姉の気持ちだけである。仲のいい姉妹だったわ、という野枝の言葉を思い出した。

「お子さんは小さいんですか？」

玄関脇の子ども用自転車を思い出して七実は尋ねた。

千紗は微笑んだ。

「息子は小学生なんです。わたしは結婚が遅かったから。いろいろ……立ち直るのに時間がかかってしまって」

「大変なことがあったそうですね」

千紗はカフェオレのカップに手をやり、遠くを見た。

「そうですね。あのときは本当に大変だった。会社にも居づらくなって辞めてしまったけれども、次に就職した先で夫と出会ったので、結果的にはよかったんです。だからもう、野枝ちゃんがわたしに気をつかう必要は一切ないんです。本当にそうなの」

千紗は自分に言い聞かせるように言った。

「ということは……。ご家族の方も、野枝さんとずっと会っていないんですか？」

「そうですね」

「お相手の方とも」

七実は思い切って尋ねた。

千紗の目に一瞬、光が宿る。押し殺すように考え、ゆっくりと口に出した。

「佐伯さん……って、婚約者の男性の名前だけど――彼とは会いました。彼はね、赤ちゃんがダメだったってことを知らせに来たんです。野枝とは結婚しない。これは罰、誰かからの復讐だと思う――と、わたしに言いに来たんですよ。もう十年も前かな……。野枝ちゃんに関しては、本当にそれっきり」

罰。復讐、という言葉を千紗は口にした。最初にそう言ったのは野枝の恋人だった。初めて千紗から怒りが滲《にじ》む声を聞いた。

「その方、わざわざお姉さんのところに会いに来たんですか？」

「弱い人でしたからね、佐伯は。あのころは繊細で優しい人だと思っていたけれども、怖がりの男だった。野枝を捨てたと思われるのが嫌だから、言い訳しに来たんでしょう」

「お姉さんの婚約者……だったんですよね」

千紗は薄く笑った。言われ慣れているのかもしれない。

「佐伯は多分、わたしの気が強いところが苦手だったんだと思います。だからわたしの家へ来て、野枝と知り合って、好きになっちゃった。野枝はおとなしくて素直な子でしたからね。わたしとの婚約を破棄して駆け落ちをするように一緒になったのに、赤ちゃんがあんなことになって、すっかり怯えてしまったんだと思います」

「野枝さんはそのあと、一回も帰ってきていないんですか？」

「住んでいるところをつきとめたこともあるんだけど、知られたとわかったとたんに引っ越してしまったんです。それで、野枝が会いたくないなら追わないことにしようって両親が決めました。わたしは会ってきちんと話したかったけど。野枝が会社を辞めたから、追いかけようもなくなってしまって」

「そうですか……」

七実はつぶやいた。

どうして野枝は家族と絶縁したのだろう。子どもも恋人も去り、姉もほかの男性と結婚していくのなら、もう帰らない理由はないではないか。

復讐なんだと思うわ。という野枝の言葉が浮かぶ。

あの人たちは一生、娘にも姉にも会えなくて、うしろめたい気持ちをひきずりながら生きるでしょう。そうあってほしいわ。そのために離れた。

あれは野枝が復讐される側として語った言葉だ。あの人たちというのは野枝だ。野枝は家族と離れることで自分を罰した。常にうしろめたく思い、復讐されていると思うことで生きた。

復讐している人間は誰だ。両親でも姉でも恋人でもないのなら。

死んだ赤ん坊か――。

七実の握りしめた手が冷たくなる。野枝の、すき焼き店で子どもたちを見ていた目を思い出す。十歳くらいの女の子だった。野枝はあのときの赤ちゃんはこの子たちくらいになっているはずだと言った。この上もなく優しく寂しそうだった。

野枝は癌になってもまったく取り乱さず、現状を受け入れて落ち着いていた。手のかかる猫の世話のことを除けば。

「――星野さん。お母さまが野枝ちゃんと友だちだって、嘘ですよね」

そして千紗が、唐突に尋ねた。

「――え」

七実は我に返った。

千紗は、野枝に似た穏やかな表情で七実を見ている。

「佐藤って人は野枝ちゃんの高校時代の友だちにはいません。二十代前半で出産した人もいなかったと思います。わたしと野枝ちゃんは親友だったんです。なんでも話していたからわかります。――星野さん、猫を飼っているんですか？」

「いえ。――あの」

考えに沈んでいたので心構えができていなかった。どうしよう、どう答えればいいのだろうとぐるぐると考えているうちに、千紗は続けた。

「猫と遊んできた人ってわかるんですよ。あちこちに毛がついちゃってるから。飼っていると、もう黒い服は諦めたりするんだけど」

七実は今日、ここへ来る前に野枝の家に寄って猫の世話をしてきたのである。じゃれついてきたビビアンと遊びすぎた。地味にしようと思って黒いニットを着てくるのではなかった。

うろたえる七実に向かって、千紗はゆっくりと言った。

「あなたが野枝ちゃんの何にあたる人で、なんのためにここに来たのかはわからない。でも、もし野枝ちゃんに会う機会があるのなら、伝えてください。わたしもお父さんもお母さんも、もう許している。ずっと許しているから帰ってきてって。昔のことなんてどうでもいいの。わたしは野枝ちゃんが大好き。会いたくてたまらない。昔みたいに一緒に映画観よう。みんなで笑って、お母さんの美味しいすき焼きを食べましょうって」

千紗の目が光っている。深い水をたたえた湖のようだと思った。お金で友情を買うレンタルフレンドなどにはけして手に入らない、無限に湧き出す美しい水である。


「退院にまで付き合わせて申し訳ないわ、七実ちゃん」

タクシーが行ってしまうと、野枝が何回目かのお礼を七実に言った。

野枝のマンションの前である。手術は成功し、野枝は順調に回復して退院した。七実にとってもすっかりお馴染《なじ》みの場所である。

「けっこう荷物多いですからね。病み上がりの人に猫砂買わせられませんよ」

七実は言った。途中で猫砂がなくなっていることを思い出し、ドラッグストアに寄って買ったのである。

七実は重い猫砂の入ったビニール袋を持ち、野枝は小さなキャリーケースを引いている。入院が長引いたのでこまごました荷物が増えているようだ。

「見えるところには掃除機をかけておきました。あとコロコロと。といってもすぐに猫の毛がついちゃうんですけど」

「十分よ。請求書はまとめて送ってね。すぐに払うから」

「はい。けっこうな金額になると思うんですけど、もしも厳しいなら割引するので言ってください」

「規定通り払います。七実ちゃんがいてくれて助かったわ。ボーナス払いたいくらい」

ガタゴトと不穏な音をたてるエレベーターにももう慣れた。野枝はエレベーターを降りながら楽しそうにつぶやいた。

「ビビアンとオードリーとチビスケ、元気でいるかしら。忘れられていたらどうしよう」

「多分、想像以上に元気です」

野枝は機嫌がいい。退院なので当然か。写真は苦手なはずなのだが、同室の女性が最後に一緒の写真を撮らせてほしいというのにも応じていた。いつのまにか仲良くなっていたようだ。七実まで握手をされ、要らないものや食べ物は彼女が引き取ってくれた。

マンションの扉を開けると、電話の音が聞こえた。

「――野枝さん、電話鳴ってますよ！」

七実は叫んだ。固定電話に慣れていないので、むやみに焦ってしまう。

以前にも一回、仕事部屋の電話が鳴り出したことがあった。市外局番からして大阪からだが、野枝にも心あたりはなかった。そもそも家の電話が鳴ることはめったにないので、間違い電話だということで落ち着いたはずである。

野枝はキャリーケースを置いて早足で仕事部屋へ向かった。オードリーとビビアンが寄ってくる間を抜け、受話器を取った。

「もしもし、五十嵐……」

『ああ、やっとつながった！　フジヨシ精機大阪工場の岡本《おかもと》です。五十嵐さん、退院しはったんですか！』

電話口から男の声がした。早口の関西弁である。音を大きめに設定してあったらしく、近くにいる七実にまで聞こえてくる。

野枝はほっとしたように受話器を持ち直した。

「おかげさまで今日退院しました。岡本さんにもご迷惑おかけしました。事情はメールで連絡していたと思いますが」

『そんなんわかってますけど、うちの女の子が、五十嵐さんはひとり暮らしだったはずとか言い出して。五十嵐さん、これまで納期守らなかったことなかったし、急に入院とか相当悪いんちゃうって話になって。スマホの番号どっかに行ってもて、こっちにかけさせてもらいました。近くだったらお見舞い行けるんですけど、なにせ新幹線の距離だから。不自由してへんかなあって、みんなで心配していたんですよ！』

電話口の岡本は、まくしたてるように言った。

「ご心配ありがとうございます」

『ほんま、うちがいつも無理に仕事頼んでたから。体はもういいんですか』

「ええ。手術は成功しましたし、体調は良好です。仕事のほうも、これからだんだん再開していこうと思っています」

『無理したらあかんですよ。お互いいい年でしょう。体は大事にしないと。今度こそ、今度こそ、東京出張のときにでも食事しましょう。その女の子連れていきますから。去年入った新人なんですけど、よう働いてくれていい子なんですわ』

野枝ははい、はいと答え、しばらくして電話が切れた。

「声の大きい人ですねえ」

七実は言った。

「取引先の担当者よ。長く仕事しているけど、これまでに一回も会ったことないの。あんなに賑《にぎ》やかな人だとは思わなかった」

野枝は苦笑しながら受話器を置き、足もとにまとわりつくビビアンを撫でた。

「けっこう無茶な依頼をしてくる人でね。朝にメールが来て夕方までに訳してほしいとか。できる限りはやってあげていたんだけど」

「ああ、ありましたよね。あの人ですか」

七実は言った。一回、映画を観終わったときに急な仕事の依頼が来たことがあった。野枝はその日、ランチをせずに帰ったものだ。

座って荷物をほどいていると、どこからかチビスケがやってきた。七実が撫でると気持ちよさそうにされるままになっている。

「チビちゃん、七実ちゃんのことを好きになったの？　あんなに人見知りだったのに」

「わたし、人間でも猫でも友だちになるのは得意なんです」

七実は言った。

野枝はチビスケを抱き上げて膝《ひざ》の上に載せた。チビスケはゴロゴロと喉《のど》を鳴らしはじめる。ビビアンとオードリーも野枝のまわりをうろうろとしている。

「チビスケちゃんが会いたかったのは野枝さんですよ。わたしはどうしても、いちばんに好かれることはできないみたいです」

オードリーがやってきて、寝っ転がり腹を見せた。撫でろという合図である。ビビアンは七実と野枝の間に割り込み、あわよくばチビスケの位置を奪い取ろうとしている。

「そうなの？　チビちゃん、ずっと会いたかったの？」

野枝は言った。

七実は大きくうなずいた。

「みんな会いたかったんですよ。長く会っていなくてもわかるんですよ。きっと大好きなんです。これまでも、これからも。忘れることなんてできませんよ」

野枝が七実を見た。不思議そうに目を細め、ひとりごとのように言う。

「そうだよね。ずっと仲良しだったものね。会いたいよね。何があっても。会ったっていいよね」

「そうですよ。会っていいんですよ」

野枝の瞳が光っている。千紗の瞳と同じ色である。野枝はチビスケに向かって会いたいよねと繰り返した。ビビアンが野枝の膝の横にぴたりと体をすりつける。

わたしは仕事をひとつ失うのかもしれない、と七実は思った。野枝は次の映画を千紗と約束し、両親と一緒にすき焼きを食べるのかもしれない。

三匹の猫に囲まれる野枝に目をやりながら、そうなりますようにと心から七実は祈った。

# 第四話　仁義なき女子の歌

「披露宴のようなもの、と考えればいいんでしょうか?」

綾音《あやね》へ向かって七実《ななみ》は言った。

渋谷《しぶや》のファッションビルの中にあるカフェである。個室ではないがテーブルの間が離れていて話しやすい。都内での打ち合わせ用に、七実はこういう店をたくさん知っている。

九条《くじょう》綾音。七実はテーブルの上にある運転免許証の名前を心の中で繰り返す。二十六歳。七実と同年代である。両親と年の離れた兄とともに都内に住む会社員。

ダージリンをゆっくりと口に運ぶ綾音は、おっとりと優しそうな、いかにもお嬢様然とした女性だった。さらさらした長い黒髪が肩にかかる。色味のないナチュラルメイク、定番ブランドのショルダーバッグ。膝《ひざ》丈のスカートからはストッキングに包まれたほっそりとした足が伸びている。銀座《ぎんざ》あたりを歩いていそうな美人である。

レンタルフレンドとは最も遠いところにいそうな女性だが、七実は驚かない。どんなふうに見えたところで人にはそれぞれの事情がある。

今回の依頼は『松』――婚約を披露するパーティに同行してもらいたいというものだった。綾音が直接、七実のサイトに依頼してきた。『松』の依頼を受けるときは必ず打ち合わせをすることになる。

綾音は七実の言葉に、やや神経質に首を振った。

「パーティといっても正式なものではないんです。秋彦《あきひこ》さんのおじいさまの別宅にたまたま親戚や友人が集まるので、紹介をすると言われて。独身の男性もいるから友達を連れてくればいいよって。そう言われたら連れていかないわけにはいかないですよね。でもわたしには、一緒に行けるような友達がいなくて」

綾音の美しい顔がゆがむ。よくあることである。わたしには友達がいない。そう告白するとき、ある種の女性は苦しそうな顔になる。

「婚約者の親戚や友人も来るとなると、誰でもいいというわけにはいかないですよね」

「それもあるんですけど……。わたしは昔から深い友達ができないんです。中学校から大学まで一貫校の私立の学校にいて、別に虐《いじ》められていたわけでもないのに、なぜかそうなんです。会社の人ともそうだし、社会人の読書サークルに入ってみたりもしたんですけど、そこでもダメでした。あたりさわりのない話はできても、遊びに誘われるってことがなくて」

「そういう方はたくさんいます。友達が多いから人間的に優れているというわけでもないですし、問題になることではないでしょう」

七実はつとめて軽く言い、話を変えた。

「代わりにわたしが友達になります。メールでは言えないことがあるって書いてありましたよね。それはなんですか？」

綾音は少し間を空け、思い切ったように口を開いた。

「そのパーティに、秋彦さんの、昔の恋人が来るんです」

七実は綾音の顔を見ながらうなずいた。

「――なるほど」

「ふたりとも大学のフットサル部で、仲間たちも公認のお付き合いだったらしいんですね。フットサルっていっても、夏はバーベキュー、冬はスノボをするみたいな……。幼稚部のときから一緒の人もいて、社会人になってからも集まって、とても仲がいいらしいんです。塔《と》子《こ》さん――彼女はグループの中心人物で……。長く付き合っていて、結婚の話も出ていたと思う。秋彦さんは言葉を濁《にご》しているけど」

「ええと――高野《たかの》秋彦さんは、五つ上ということだから……。三十一歳ですね」

「そうです。塔子さんは同い年で、まだ独身だそうです」

「別れた理由は？」

「ご両親から聞いたんですけど、塔子さんの浮気です」

そこだけ声をひそめて綾音は言った。

「秋彦さんは傷ついて、なかなか立ち直れなかったようです。もしかしたらまだ好きかもしれません。そういうのって口ぶりでわかりますよね。彼女は仕事でずっと海外にいて、最近日本に帰ってきたんだそうです」

「それで、塔子さんも含めた友人たちが集まると。複雑ですね。婚約者としては」

「そうなんです」

綾音はすがるような目で七実を見た。

「欠席してもいいんですけど、わたしのいないところでふたりが会うのも嫌だし、藤崎《ふじさき》塔子さんって人を見ておきたいっていう気持ちもあって。秋彦さんを疑うわけじゃないですけど」

「わかります。そうなると彼の友人もその女性の味方かもしれないし、ひとりで出席するのは心細いですね。――婚約というのは正式にですか？」

七実は尋ねた。綾音の焦りようからして口約束ではないかと思ったのである。自分は婚約者だと思っているが、相手はただの恋人としか認識していないということもありうる。

この場合、結婚の約束があるかないかは重要なことだ。秋彦の元カノ、塔子という女性は泥棒猫なのかライバルなのか。秋彦は元恋人に未練があるのかないのか。探るにしろ蹴落とすにしろ、七実の役割が変わってくる。

綾音ははっきりとうなずいた。

「出会ったのは半年前ですけど、最初から結婚前提のお付き合いをしています。指輪も発注していますし、お相手のご両親にも気に入られていると思います。もう結婚式場は押さえてあって、あれこれと手配したり、あちこちを見てまわっているところです。——これ、証拠になるかどうかわかりませんけど」

綾音はピンク色のケースに包まれたスマホを取り出し、写真を表示させた。

どこかの試着室らしい場所の写真である。うしろには壁一面に白いドレスがずらりとかかっている。綾音は純白のウエディングドレス姿だ。横には育ちの良さそうな長身の男性がやや落ち着かない様子で立っている。男性は私服だが、綾音と並ぶと絵に描いたような美男美女である。

「この方が高野秋彦さん——ですか」

「そうです。ふたりでブライダルフェアに行ったときのですね。ウエディングドレスの試着会の写真です」

「素敵な人ですね」

綾音はかすかに頰《ほお》を赤らめた。

「今どき恥ずかしいんですけど、秋彦さんとはお見合いなんです。父の友人のご紹介で、両親に会うだけでいいからって言われて、最初は渋々行きました。でもわたし、彼を一目見たときから好きになってしまって。――彼もそうだといいんですけど」

「好きに決まっていますよ。さもなければ結婚を決めたりしないです。巡り会えてよかったですね」

綾音にスマホを返しながら七実は言った。

ひとまず安心した。秋彦の本心はともかく、ここまで進んでいるのなら正義は綾音の側にある。塔子や仲間たちが敵対してきたら迷うことなく綾音を庇《かば》う側につき、高野秋彦との結婚を応援することができる。

もちろんすべてが取り越し苦労で、恋人だった女性にまったく気持ちが残っていない、だからこそ会えるのだということも考えられる。そうだったらいちばんいい。

「まわりの方たちに結婚を歓迎してもらいたいと思うのは当然のことです。そのためにも、今回のパーティで失敗するわけにはいかない――と、こんな感じですか？」

「はい」

「了解。だったらまず、あたしが綾音と友だちにならないとね」

七実は口調を変えた。

ゆっくりと残った紅茶を飲み、カップを置いた。免許証を返し、バッグから自分のスマホを取り出す。

「事情はわかった。ここからは敬語禁止ね。タメ口でいこう。パーティでもそうするでしょ？　いきなりだとギクシャクしちゃうから。――あ、呼び捨てって抵抗ある？　九条さんでも綾音ちゃんでもいいし、あーやでもいいし、ほかに呼んでもらいたい名前があればそうするけど」

「いえ――じゃ、綾音で」

綾音は面食らっているが不快そうではない。そのことを確かめてから七実は切り出した。

「綾音、LINE《ライン》の交換してもらってもいい？」

「は、はい」

「敬語禁止だってば。友だちなんだから。あたしのことは七実って呼んで。秋彦さんには読書サークルで知り合った友だちってことにしたらどうかな。あたしも本読むの好きだし、いちばん自然だと思う」

七実は言った。LINEの交換を終え、スマホをしまうのと入れ違いにしてクリアファイルを取り出す。

「安心して。あたしはパーティとか得意なの。どこでだって、誰がなんて言ったって、あたしは綾音の味方。絶対に惨《みじ》めな気持ちになんてさせない。彼氏にも彼氏の元カノにも、言いたいことがあったら、あたしが全部言ってあげる。今日、これから空いてる？　美味《おい》しいものを食べながら、細かい打ち合わせしない？」

「あ――は……」

綾音は言葉を飲み込んだ。

唇を湿らせ、思い切ったように言う。

「うん、行く。――七実はいいの？」

七実はにこりと笑った。

「あたしは綾音の仕事に全力投球するよ。お茶とケーキでもいいし、早いけど夕ご飯食べてもいいよね。あ、ダメならいつでもダメって言ってね。お金かかっちゃうし、無理に誘うことはないから。我慢はしないでね。お互いに楽しい気持ちでいたいから」

綾音は少し考えてからうなずいた。

「じゃあ、夕食で」

「やったー。お酒飲める？　せっかくだから楽しく過ごそう。綾音のこと、いろいろ教えて」

「――うん。七実のことも」

あえて高めのテンションで切り出してみたが、綾音は意外と楽しそうに乗ってきた。わがままでも変わり者でもないし、七実を馬鹿《ばか》にすることもない。ひとまずやってみて、あとは話しながら調整していく。そのパーティとやらを除けば悪くない仕事である。

七実はクリアファイルから契約書を取り出し、ボールペンと一緒に綾音の前に置いた。

＊＊

窓の向こうに沈丁花《じんちょうげ》が咲いているのが見える。

パーティの日は晴れだった。別宅というから都内かと思ったら、秋彦の祖父が所有する神奈川県の別荘だという。繁華街からも駅からも離れているが、自然が多くて気持ちのいい場所だ。夜通し遊んで全員が泊まっていくだけの部屋もあるらしい。

いつもは渋谷のマンションに集まるらしいんだけど、参加者が増えたから今年は別荘になったの、と綾音は言っていた。別荘ならワインセラーもあるし、管理人の奥さんが料理上手だから、ケータリングを頼む手間を省《はぶ》けるって。

ちょっと遠いけど七実はわたしと一緒にタクシーで行くし、バスルームも三つあるから男性とかち合うことはないと思う。七実はお客さんでいてくれればいいのよ。

高野家はいくつかの病院を持つ医者の一族である。ただし秋彦は医者ではなく、友人とコンサルティングの会社を経営している。いわゆる青年実業家だ。綾音も秋彦とお見合いをするからには同じ階層の人間ということになる。東京の中心地で生まれ育ったお嬢様、銀座を歩いていそうな美人と最初に思ったのは間違っていなかった。

七実も、会社員だったときはそのあたりを闊歩《かっぽ》していたわけだが。

「――綾音とは社会人の読書サークルで会ったんですよ。同い年で、好きな小説が一緒だったのですっかり意気投合しちゃって」

七実は向かいにいる男に顔を向けて話している。

綾音は斜め向かいにいた。紅茶を飲みながら、にこやかに七実の顔を見ている。その横には高野秋彦――綾音の婚約者がグラスを手にして座っている。

「へぇえ……。そんなサークルがあるんですね。興味あるな。どんな本が好きなんですか」

蒔田《まきた》が穏やかな声で言った。

蒔田は秋彦の遠縁の幼なじみだ。大手インフラ系の企業に勤めているサラリーマン。ブランドものらしいカジュアルなパンツと白のニットに身を包んでいる。秋彦同様、ラフだがセンスのいい服装である。窓の外にある沈丁花を背景にすると品のいいポートレートのようだ。

七実は綾音に目をやり、いたずらっぽく首をかしげた。

「言っていいのかなあ……。綾音ってミステリーが好きなんです。それもイヤミス。あれはないよねーって、ふたりで何時間でも話しちゃう」

「へえ、意外」

「知らなかったな。そんな話したことあったっけ？」

秋彦が言った。

またかよと七実は思う。秋彦は、綾音が大学では箏曲部《そうきょくぶ》にいたと言ったときも、ミルクティーよりも素のダージリンが好きだよねと言ったときも知らなかったと言った。綾音が秋彦の趣味や好みを知り尽くしているのと反対である。

秋彦はあまり喋《しゃべ》るほうではなかった。綾音からはふたりのやりとりのＬＩＮＥやメールも見せてもらっているが、自分から積極的に話はふらない。特に最近――ここ一カ月はまったく気のない様子である。綾音もおとなしいタイプなので、どうにも盛り上がっていない。

秋彦のグラスの中はシャンパンである。二杯目だがもう半分以上なくなっている。

「俺もミステリーは好きですよ。最近は忙しくて読めてないんだけど」

綾音の向かいにいるもうひとりの男――青柳《あおやなぎ》とか言った――が、ホワイトチョコレートのトリュフを口に運びながら相づちを打った。

青柳は体の大きな男である。国家公務員――霞《かすみ》が関《せき》の官僚で、さきほどまでずっと仕事の愚痴《ぐち》を言っていた。お酒が飲めないらしく七実や綾音と同じ紅茶のカップを手にし、テーブルの上にあるチョコレートとフルーツをひっきりなしにつまんでいる。

今この部屋にいるのは五人。七実、綾音、秋彦、蒔田、青柳である。夕方までにあとふたり来る。集まったらおしゃべりをしながら豪華なディナーを食べ、好きなだけ飲んで遊び、泊まって翌日に解散――という流れらしい。

合計七人。七実はにこやかに話をすすめながら四人――とりわけ今日初めて会った三人の男たちの顔を観察する。

毛並みのいい男たち。優良なのは見た目と育ちだけではない。穏やかで頭が良くて努力家で、仕事もできる。自分が特別であるということに疑いを持たない。世の中には食べるにも事欠く人がいるということを知識として知ってはいるけれど、血統書の付いていない猫もいるというのと同じ意味でしか認識していない人たち。

七《なな》つ丸《まる》商事にいたときによく思った。まわりの人間たちはとても似ていて、それが不思議だった。この人たちは何者なのか？　きっと七実も彼らに似ている。

そしてある日、嫌になった。

「星野《ほしの》さん、今はお勤めしているの？」

「以前は七つ丸商事にいたんですけど退職して、今は父の友人の弁護士事務所のお手伝いをしています」

「七つ丸商事だったら友人がいますよ。知っているかもしれません。何課だったんですか？」

げ！　と思ったが七つ丸商事に勤めていたのは嘘《うそ》ではないので、七実はにこやかに蒔田に向き直った。

「食品課です。どうかなあ、あの会社大きいですからね。あたしはエリア職だったので、本社の男性で親しい人はあまりいなかったんです」

「エリア職ね。綾音もそうだよな。いわゆる一般事務ってやつ。綾音はメーカーだからさらに落ちるけど」

「――どうぞ。星野さんからのお土産《みやげ》です」

横からテーブルに皿が置かれた。

置いたのは奈緒《なお》――別荘の管理人である。主婦然とした中年女性だ。建物の管理をするのは夫で、奈緒は誰かが滞在するときだけ家事をするために来るらしい。奈緒は七実たちが到着する前から家にいて、かいがいしくお茶とお酒を運んでいた。

銀の菓子皿に盛り付けられたのは七実が持ってきたクッキー。柔らかそうなクリームが添えられている。ちょうどいい濃さのダージリンといい、手作りらしいトリュフチョコレートといい、奈緒は料理と盛り付けのセンスが良い。

「クッキー？　どこの」

秋彦が尋ねた。

「これはアンリ・シャルパンティエかな。あたし、缶入りのクッキーが大好きなんです」

「へぇえ……」

「わたしが持ってきたのもあったよね、奈緒さん」

「もうすぐ夕食ですし、ワッフルはお酒に合いません」

綾音の言葉に奈緒はそっけなく言った。綾音はそれ以上言えずに口をつぐむ。

しまったと七実は思った。クッキーを綾音から、ワッフルを七実からと言えばよかった。

ワッフルは評判の店のもので、七実がわざわざ並んで買ったのだが。どうやら綾音は奈緒に歓迎されていないようである。

「あ、俺、ワッフルあるなら食べたいな。大好きなんですよ」

手をあげたのは蒔田である。

「あ。あたしも！　あれずっと食べてみたかったの」

「じゃあ俺も」

七実がすかさず言うと青柳が続いた。しぶしぶといった体《てい》で奈緒が言う。

「――じゃお持ちします」

「俺、シャンパンもう一杯くれる？　奈緒さん」

「わかりました」

「飲み過ぎるなよ、秋彦。今日は九条さんもいるんだから」

蒔田が秋彦をたしなめた。

秋彦はむっとしたように蒔田を見た。奈緒から新しいグラスを受け取る。

「わかってるよ」

「こいつ、大学でもこうだったの？　ホストのくせにさっきから飲んでばっかりじゃん。俺は学校が違うから知らなくてさ」

一息にグラスを傾ける秋彦を見て、蒔田が呆《あき》れたように青柳に向き直った。

蒔田はどうやら秋彦にとって兄のような存在らしい。今日来る男性メンバーの中で、大学のサークル仲間でないのは蒔田だけである。

「ずっとこんなもんですよ。絶対にバーベキューの後始末とかやらないし、面倒だからとりあえず飲ませとけってことになってた。でもモテるんだよなあ。エースだったからな。俺はフットサルよりバーベキューの火起こしのほうが得意だった」

「そのサークルって、女性もたくさんいたんですか」

「女子もけっこう人数いたよ。でも、こいつを動かせるのは塔子だけだったね」

青柳がもぐもぐと口を動かしながら言った。

「塔子って？」

蒔田が尋ねる。

今ここでその名前を出すか！　七実は慌《あわ》てた。蒔田は秋彦に比べたら気をつかえるやつだと思ったのに、間違いだったたか。

奈緒がワッフルを持ってきた。青柳は相好《そうごう》を崩してワッフルに手を伸ばす。

「こいつの元カノ。ていうか、初恋の人みたいな？　めっちゃ美人。今日来るから紹介するよ。秋彦、塔子が帰国してから会った？」

青柳は屈託なく話している。

「――会ってない」

「じゃ俺らと同じか。五年ぶりくらいじゃないの。葛野井《くずのい》は仕事でアメリカ行ったときに会ったらしいけど」

秋彦に目をやると何事もなかったように三杯目のシャンパンを口に運んでいる。隣の綾音が表情を固まらせているのに気づいてもいないようだ。

青柳は悪気はなさそうだった。話題を逸《そ》らさなければ――と口を開きかけたとき、蒔田が割って入った。

「そうか。じゃ今日はその人の話は抜きにしよう。綾音さんに失礼だから」

蒔田はなんでもないことのように言った。

「あ――まあ……そうか」

「別に俺は気にしないけど」

秋彦が言うと、蒔田は苦笑した。

「秋彦は鈍いからはらはらするよ。おまえがよくても俺たちが気をつかう。その人がどんな人なんだか知らないけど、綾音さんの主役の座を奪っちゃダメだよ。そもそも綾音さんだって美人じゃないか」

蒔田が言うと、青柳は初めて気づいたように綾音の顔を見た。

「そういえばそうですね。すみません、俺って昔から鈍いんだなあ。秋彦の家はお菓子が美味しいから、ついつい食べてばかりになっちゃって。綾音さん二十六歳だっけ。お若く見えますね。秋彦、おまえやっぱり面食いだな」

青柳が言い、綾音がほっとしたように力を抜いた。場はとたんに和《なご》やかになる。

「ありがとうございます」

「お世辞じゃないですよ。ぼく、最初に家に入ってきたときに見とれました。どっちが秋彦の婚約者なんだろう、七実さんのほうだったらいいなって思ってしまったくらいです」

蒔田がやけに真面目《まじめ》なトーンで言い、綾音に向かって身を乗り出した。

「ひどーい。確かに綾音はめちゃくちゃ可愛《かわい》いけど、あたしの立場はどうなるんですか」

七実はすかさず言った。

「いや、七実さんももちろん素敵ですけど」

「言ってくれなくてもいいですよ。綾音にはかなわないもの。読書サークルでも綾音ばっかりモテモテなんで、なんでだろうって思ってるの。品ってやつなのかな？」

「ということは、綾音さん狙いの男とかもいたんですか？」

「どうかな？　多分いたと思うけど、綾音は婚約者がいるって公言してるから、何も言えないんだと思う。むしろ年配の方が残念がっていました。綾音ってしっかりしてるし、お嫁さんにしたいタイプなんですね。年齢性別関係なく、みんなに人気なんですよ」

「へえ、しっかりしてるってどんなふうに？」

「うーん、フォローが得意っていうのかな。サークルにちょっと足の悪い人がいるんですけど、さりげなく気をつかって席を譲ってあげたりとか。誰も見てなかったけど、優しいなあって感心しちゃいました」

「でも実はイヤミスが好きなんですよ？」

「ギャップがいいね。秋彦がいなかったらなあ」

「——へえ、知らなかったな」

秋彦がつまらなそうにつぶやいた。黙れ、この空気クラッシャーめ。せっかく綾音が中心になって話が弾みはじめたところだったのに。

何かチクリと言ってやろうと思っていたらインターホンが鳴った。はーい、と奈緒の声と玄関へ向かう足音がする。ドアが重いのでリビングにもきしむ音が聞こえる。どやどやと人が廊下を歩く気配がした。

「塔子と葛野井かな。ふたりで一緒に来るって言ってた」

青柳が言った。

出たな塔子。七実は膝の上で両手を握りしめる。ここからが本番である。

「こんにちはー。みんな揃《そろ》ってる？」

藤崎塔子が入ってきたとたん、部屋の中がパッと明るくなったような気がした。

塔子はスタイルのいい女性だった。シルクのボヘミアン風シャツに高級そうなデニムパンツ。つやつやしたショートボブと一粒ダイヤのピアス。左手には男性ものの機械式時計。細身だが華奢《きゃしゃ》というのではなく、手足が長くて引き締まった体つきである。

「塔子！　元気だった？」

青柳が相好を崩して立ち上がった。

「元気元気。青柳も元気そうだね。ちょっと大きくなったんじゃない？」

塔子は両手を伸ばす。異性の友達に許されたギリギリの近さでふたりは抱き合う。塔子は青柳よりも背が高かった。

「毎日忙しくてさあ。食べるのだけが楽しみなんだよ」

「青柳はそれでいいんだって。クマさんみたいで安心するわ」

「塔子はぜんぜん変わってないな。今何やってるの」

「あはは、何もしてなーい。無職だもん。ニューヨーク支局は面白かったけどね。あっちはあっちでしがらみあるし、わたしの役割は終わったかな。――あ、奈緒さん、おかまいなく。すぐに夕食でしょう？　わたしは荷物置いたら散歩に行くから」

あー……。

七実は座ったまま塔子を見あげ、納得する。こういうタイプか。明るくて賢くて国際的で、それを鼻にかけることもない気さくな美人。女にも男にも好かれそうな自立した女性。マキが得意で、七実にはできないヤツ。しかも本物。

「よ」

秋彦が座ったままグラスを掲げた。塔子はにこりとし、ソファーを見回した。

「秋彦も久しぶりだね。お世話になります。あと――あなたとは初対面？」

蒔田が斜め向かいのソファーからすっと立った。

「蒔田信《しん》です。信は信じるのシン。秋彦の幼なじみ、ってことになるのかな。親同士が従兄《い と》弟《こ》なんですよ。学生時代は海外だったから、皆さんと会うことはなかったけど」

「蒔田さん、こんにちは。藤崎塔子といいます。あ――かっわいい！　あなたが秋彦の婚約者さんですね！　お噂《うわさ》はかねがね」

塔子は綾音に目をとめ、まっすぐに近寄ってきた。

「九条綾音です。わたしもあなたのお話は聞いていました。よろしくお願いします」

綾音はやや青い顔で塔子に挨拶《あいさつ》する。

「元カノだって言ってた？　秋彦、口軽いからね」

塔子は肩をすくめるようにして綾音に向き直った。

「九条さんはいい気持ちしないよね。ごめんなさい、お邪魔虫で。でも今はただの友だちだから、今日だけは許して。こんな機会でもないとわたしたち、めったに集まれないのよ。

――こちらは？」

「星野七実です。綾音さんとは読書サークルで友だちなんです。あたしのほうこそお邪魔だと思ったんですけど、ご招待されたのが嬉《うれ》しくてつい来ちゃいました」

「どうしても連れてきたいって言うもんだから。まあ綾音もひとりだったら居づらいだろうし」

言い訳のように秋彦が付け加える。綾音が言っていたことと違う。そもそもおまえがフォローすべきだろうがと思いながら七実は秋彦を眺める。シャンパンを飲み過ぎて少し酔っているようだ。

「大丈夫よ、みんないいやつだから。葛野井、荷物運んでくれてありがと。九条さんに挨拶した？」

「あーうん、どっちが九条さんなのかな――ん？」

少し遅れてもうひとりの男が部屋に入ってきた。眼鏡の男である。彼は部屋を見渡し、七実に目を留めた。

「あれ。ええと――どこかでお見かけしましたっけ？」

「――え？」

七実は目をぱちくりさせた。

葛野井は観察するようにして七実を見ている。ここにいるほかの男同様、カジュアルだが洗練された服装をしている。

「葛野井和樹《かずき》です。——ええと……ナナちゃんだっけ？　覚えてないですか？　半年くらい前だったかな。帝国《ていこく》ホテルで。うちの同僚の結婚披露宴に来てましたよね！」

……嘘でしょ。

七実は目の前の男を見つめ、体をこわばらせる。

覚えていた。半年ほど前に出席した医療関係者の結婚披露宴だ。新郎の同僚で、既婚者のくせにしつこく誘ってきた男である。医者だったような。名刺をもらったようなもらってないような。なんでこんなところで会うんだよ。

「あ、あのときの？　うわー偶然ですね！　お会いしましたよね！」

七実は頭を抱えたくなるのをこらえ、とっておきの笑顔を作った。


「——いや、本当に、まさかのまさかなのよ……」

個室のドアを閉めるなり七実は言った。

綾音が全員分の個室があると言ったのは嘘ではなかった。三階建てで、三階に女性、二階に男性の部屋が割り当てられており、階ごとにバスルームと洗面所もある。大きな別荘なのである。秋彦は一階に趣味の部屋を持っていて、そちらに泊まるようだ。

全員が揃ったので夕食まで自由時間になった。塔子は散策、男性たちはリビングに残り、七実と綾音は休みたいからと三階へ上がってきた。

「どういうこと？　葛野井さんと知り合いだったの？」

先に入った綾音が尋ねた。葛野井と七実に面識があったのは綾音にとっても予想外である。

七実は首を振り、持参のキャリーケースからタブレットを取り出した。

「以前の仕事で関わったの。でも大丈夫。ダメなら何かストーリーを考える」

タブレットをＷｉ《ワイ》－Ｆｉ《ファイ》につなげる。こういうときのために過去の顧客の簡単な情報を確認できるようになっている。

葛野井と以前会ったときは新婦友人という立場だった。高校時代の友人という触れ込みだ。今回、ほかのメンバーに高校のときのことは話題に出していない。結婚披露宴では会社員で、彼氏がいるということにしていたが、これはごまかせる範囲。葛野井は既婚者で、人にはあまり興味がないタイプだと思う。

細かいことを確認し終わると、七実はうなずいてタブレットを切った。

「――ＯＫ、なんとかなるわ」

「七実に葛野井さんを近づかせないほうがいい？」

「そういうことは綾音は考えないで。わたしと綾音は去年、読書サークルで知り合って意気投合して、それからずっと仲良しなの。それだけ覚えていて。自然に仲良くしていれば、細かいことは誰も気にしないわよ」

七実はきっぱりと言った。綾音に心配されるようではレンタルフレンド失格である。こういうことは綾音に自信がないとうまくいかない。つじつまを合わせるよりも、思い込む、言い切ることのほうが大事だ。

「大丈夫、わたしはプロだからなんでも乗り切れる。もし何かあっても綾音に不利になるようなことは絶対にしない。葛野井さんのことは忘れて、パーティを楽しもう。綾音は秋彦さんと幸せになることだけを考えて」

七実は言った。

「――うん」

その秋彦が頼りにならなそうだということにはあえて触れなかった。いい男だから好きになるというものでもない。顔と育ちがよくて高収入というだけで好きになる理由としては十分だ。あそこまでぼやぼやしているなら主導権を握れていいかもしれない。

それにしても塔子と秋彦の関係はどうなっているのか。はっきりしないがさせないほうがいいのか。

「綾音は今日会った人とは初対面なんだよね。全員」

「うん。話には聞いていたけれど。ほかの人もみんな久しぶりだと思う。塔子さんが先月日本に帰ってきたから、何年ぶりかに集まろうって話になったみたい」

「そうか……」

ほかの仲間たちに比べると秋彦と塔子の間がぎこちないようにも映ったのだが、気にするようなことでもないか。

ほかに確認するべきことを考えていたら、ノックの音がした。

「——蒔田です。九条さんはいらっしゃいますか？」

七実と綾音は顔を見合わせた。

七実がそろそろとドアを開ける。外には蒔田がやや所在なげに立っていた。

「ここはあたし……星野の部屋ですけど。綾音に何か？」

「いえ。隣の部屋が留守みたいだったから、九条さんも一緒にいるのかなと思って」

七実のうしろから綾音が顔を出す。

蒔田はほっとしたように表情を緩め、綾音に向き直った。

「まだ夕食まで時間がありますよね。よければこのあたりを歩きませんか？」

「秋彦さんも一緒にですか？」

「いえ。その秋彦のことで話したいものだから」

蒔田は言った。

綾音は少し迷い、小さな声で答える。

「じゃあ……。七実と三人で」

「わかりました。準備がありますよね。十五分後に玄関を出たところで待っています」

蒔田はうなずき、軽く手をあげてきびすを返した。


「――この別荘は、ぼくと秋彦の曾《そう》祖父が建てたんです」

蒔田が言っている。

遊歩道だがきちんとした整備はされていない、何度も来ている人間だけが知っているような道である。左右には椚《くぬぎ》や楓《かえで》の高い木が連なっている。秋になったら見事な紅葉になるのだろう。岩や木の根がむき出しになっている黒土の道を、緑の木々を眺めながら歩くのはなかなか気持ちがよかった。

「曾祖父が亡くなってから秋彦の祖父――ぼくにとっては大伯父ってことになるんですが、彼が引き継ぎました。小さいころはぼくもよく遊びに来ていたものです」

「きれいですね」

綾音は蒔田と肩を並べながら無難な相づちを打った。

遊歩道はちょうどふたりが肩を並べて歩く広さで、綾音と蒔田が並び、そのうしろを七実がついていく格好である。蒔田は綾音とふたりになりたがっていたようだが。

「秋彦さんのおじいさまというとお医者さまですよね。今は秋彦さんも病院の理事をされていますけど。蒔田さんも、おじいさまの病院と関係があるんですか？」

「ぼくはありません。父と兄は医者なんですが、医学よりも機械工学のほうに興味があったんです。ぼくは気楽な次男なのでね。秋彦は長男だからいろいろあるだろうけど」

蒔田も医者の子だったか。なんとなくうしろで聞きながら、七実は納得する。友人の葛野井も医者だった。

しかし驚かない。何回か結婚披露宴に出てわかった。親族や友達というものはだいたい似たような仕事の界隈《かいわい》にいる。医者は自分の子を医者にしようとするし、結婚相手も友人も医療関係者やその縁者が多い。秋彦も医者ではないが実家の病院の理事だ。コミュニティのハードルというものはどこの世界も思いのほか高い。

綾音の父親は裕福なサラリーマンだが、医療関係者ではない。綾音が秋彦やその仲間に抱いている引け目はこのあたりにもあるのかもしれない。

「親からは医者になれと言われたけど、そうなるとかえって反発があってね。好きな道を行くからにはそれなりのことを成し遂げようと思って。仕事ひとすじで来て、いつのまにか三十二歳になってしまいました」

「秋彦さんと同じ学年なんですか？　てっきり年上かと」

「ひどいなあ。まあ、ぼくは昔からおっさんくさいって言われてきましたけど」

蒔田は苦笑した。ちょうど夕方で西からの木漏《こ も》れ日が差し込んでくる。蒔田は斜め上を向き、眩《まぶ》しそうに目を細めた。

「ぼくは集団で遊ぶのがうまくないんです。なんでもひとりで決めてやるほうなので。秋彦とは逆ですね。男女関係ないグループの友だちなんて新鮮ですよ」

「そうなんですか。意外です」

「英国留学していたからレディーファーストだけは心得ていますけどね。帰ってきてからは男ばかりの研究所勤めです。結婚したいんだけど、出会う機会がないんですよ」

蒔田は照れたように鼻をこすった。いちおう七実にも目をやっているが、声は綾音に向かっている。

「それで、秋彦さんのことで話したいこと、というのは？」

綾音が思い切ったように尋ねた。

「ああ、すみません、自分のことばかり話しちゃって。話したいのは秋彦の仕事のことです」

蒔田は言いながらちらりと七実を見た。七実は横を向き、聞いていませんよというポーズをする。

「仕事というと、会社のほうですか？」

「そうです。秋彦が友人とやっている経営コンサルティングの会社ですが――綾音さんは、銀座の事務所のほうには行ったことがありますか？」

「銀座には一回。共同経営者の方とは今度、会うことになっています」

「まだ会っていないんですね」

「――はい」

「そうか。だったら今度、彼の名前を調べてみてください。――実は、ぼくの周辺で彼の知り合いがいて、ちょっと妙な評判を聞いたものだから」

綾音は眉をひそめた。

「妙な評判……というと？」

「多分、取り越し苦労だと思いますけどね。以前の仕事で、いったん事業を起こすと見せかけて、投資を集めておいて計画倒産した、というようなことをね……。秋彦はあの通り、金銭にあまり執着がないでしょう。会社を始めてまだ二年だし、彼に利用されているんじゃないだろうなって心配になっちゃって」

「――そうですか。わたしはまったく聞いていません。お仕事のほうは問題ないとばかり」

綾音の顔は少し青ざめていた。ハンカチを出し、木漏れ日から身を隠すように口を押さえる。蒔田はしまったという顔になった。

「すみません、変な話しちゃって。実は今日は、秋彦にそのことを確認するために来たんです。ぼくの父も心配していたし、結婚するからにはちゃんとしなきゃダメだと思って。九条さんには言わないつもりだったんだけど、秋彦とふたりになる機会がなくてね。なんだか避けられているみたいなので、こうなったら直接言ってしまえと」

「いえ、打ち明けていただいてよかったです。もしそれが本当だった場合、秋彦さんはどういう立場になるんでしょうか」

「うーん……。法に背いているわけではないけど、仕事と信用は失うかもしれません。生活は病院から報酬《ほうしゅう》をもらってるからなんとかなるんだろうけど、親もそろそろ本気で怒るんじゃないかな。秋彦は、これまでにもいろいろ問題を起こしていますからね」

「問題――というと」

蒔田は困ったように上を向いた。

「それは俺の口からは言えないです。直接訊《き》いてみてください。困ったな、ここまで言うつもりはなかったんです。すみません」

「もしかしたら……女性の問題ですか?」

「それはないと思うけど。どうしてそう思うんですか?」

綾音は軽く唇を噛《か》んだ。

「なんだかわたし、秋彦さんに好きな人がいるような気がしてならないんです。とくにここ最近。これまでもたくさんの人とお付き合いしているって聞いていますし、今日いらっしゃっている藤崎塔子さんの話がよく出るようになって」

「彼女とはもうとっくに別れているんでしょう」

「もちろん秋彦さんのことは信じていますけど、何かあったら教えていただきたいです」

「まさか九条さんのような素敵な方がいるのに、ほかの女性を好きになるなんて。男としてありえませんよ」

蒔田は苦笑し、スマホを取り出した。

そろそろ遊歩道は終わりに近づいてきていた。木が途切れ、黒土の道の先に小さな広場のような空間が見える。

「よければ連絡先を交換しませんか。変な意味ではないです。秋彦の事業について、友人に詳しく聞いてみます。秋彦は普通に話す分にはとてもいいやつだし、ぼくの勘違いだったら申し訳ないですから」

「あ……はい。でも……」

綾音はショルダーバッグからスマホを取り出しかけ、ためらった。

「そうか。こういうのは抵抗がありますか。嫌ならすぐにブロックしてくれていいんですけど」

「七実はどう思う？」

七実は今気づいたかのように綾音に目をやった。

「ん？　何のこと？」

「蒔田さんが、連絡先を交換したいって」

七実はかたわらの木の枝に触れながら首をかしげた。

「あたし、こういうときはなんでも、自分がやられていいかどうか、って考えるようにしているんだよね。綾音、もしも秋彦さんとあたしが連絡先を交換したらどう？　許せる？」

七実はつとめて軽く、綾音が断るのでも受けるのでもエクスキューズになる言葉を選んだ。何か問題が起こったら七実のせいにすればいい。

「七実なら別にいいかな。そのことをわたしに報告してくれれば。こっそりというのは嫌だけど」

「このことはちゃんと秋彦に言っておきますよ。内緒だったら恨まれてしまう」

蒔田が笑い、つられたように綾音も笑った。

なんだかおかしなことになったなと七実は思った。ふたりは向かい合ってスマホを出し、小声で何かを言い合いながら連絡先を交換している。綾音は別荘のリビングで秋彦と並んでいたときよりも楽しそうである。

居づらいので七実は先に道を行き、つきあたりの広場に出た。

出たとたんオレンジ色の光を浴び、足をとめる。

つきあたりは小高い丘になっていた。剪定《せんてい》された高い木の横に背もたれのない木のベンチがふたつ並んでいる。眼下は街、遠くに海が見える。夕方の太陽が燃えるように輝き、海がたゆたいながら光っている。ちょっとした展望台である。

そして、木の横に長身の女——塔子が立っていた。


塔子はうしろから見ても美しかった。最初にスタイルが良いと思ったのは錯覚《さっかく》ではない。背筋がまっすぐに伸び、太陽へ向かって顔をあげている。

「——あら、あなただったの？　星野七実さん、でしたよね」

七実が近づいていくと、塔子は意外そうに目をしばたたかせた。

塔子は右手にスマホを持っていた。誰かと連絡を取り合っていたようである。

「ちょっと歩いてみたくなって。気持ちのいい道ですね」

七実は言った。遊歩道に綾音と蒔田がいるということは言わないことにした。

「そうね。あなたは運がいいと思います、星野さん。この場所はこの時間がいちばん綺麗《きれい》だから。わたしもここが大好きなの」

塔子は笑った。前髪が流れ、耳につけたピアスがきらりと光る。ラフだが計算しつくされたような笑顔である。

「これまでに来たことがあるんですか？」

「大学時代から何回か。秋彦さんとふたりで来たこともありますよ。だから奈緒さんとも顔なじみなんです。奈緒さん、ご主人と一緒にずっとこの別荘を管理しているから」

塔子は言った。リビングで会ったときよりもテンションが低い。ゆっくりと落ち着いた声である。こちらのほうが魅力的だと思った。

「高野秋彦さんとは長くお付き合いされてきたんですね」

「友人としては長いけど、お付き合いしていたのは一年ちょっとくらいかな。大学を卒業してしばらく経《た》ってからね。秋彦さんは大学のときはほかの女性と付き合っていたんですよ。サークルの女性と長く交際していたっていうと、よく間違われるんだけど。ミーナも可愛い子だったわ。とても仲がよかった」

「ほかにもサークルでお付き合いしていた女性がいたんですね。知りませんでした」

「それはいますよ。短い期間ならもっといたかもしれない。マネージャーのような子が多かったけど。ミーナもそう。わたしは女子サッカーもやってて、試合に出られたから男性陣と仲がよかっただけ」

「ミーナさんは、今日は来られないんですね」

「そうね。ミーナは忙しいから」

塔子はそこだけ口ごもって、話を変えた。

「星野さんは九条さんの親友なんだもの、こういう話は聞きたくないですよね。恋人の元カノと会って気持ちいい人なんていないわ。わたしも今日、来るかどうか迷ったんだけれども」

「いいえ。こちらこそ興味本位でごめんなさい。高野秋彦さんとなぜお別れしたんですか？」

七実はすばやく尋ねた。綾音と蒔田はまだ来ない。訊くチャンスは今しかない。

塔子は一瞬黙った。

笑顔を消して七実の顔を見る。

「わたしが浮気して振られた――ってことになってる。なぜかそうなってる」

怒るかと思ったらそうではなかった。やけに真剣な目で塔子は言った。

「――そうなんですか」

塔子はふっと笑った。

「五年前の話ね。わたしはすぐに海外に行っちゃったから、そのあとのことは知らない。男女の友情って楽しいけど、恋愛がからむと難しいですよね。男の二十代後半って遊びたい時期だし、きっとわたしのことが重かったんだと思います」

「ニューヨークでしたっけ。素敵ですね」

「もう辞めたけどね。あの人たちの前では強気でいるけど、これでも就職が決まらなかったらどうしようってびくびくしてるんですよ。マスコミの女って使いどころがないから。こうなるのなら、おとなしく公務員試験でも受けとけばよかったわ」

塔子はあはは、と笑った。

夕日が落ちかかる海を見つめ、話を変える。

「九条さん、かわいいですよね。今日会って納得しました。秋彦さんは昔からああいう女性が好きなんですよ。家庭的なタイプっていうのかな。ロングヘアで、なんでも言うことを聞いてくれそうなお嬢さん。ミーナもそうだった。わたしだけが例外だったの」

「綾音と会うのは初めてだったんですか？」

「葛野井から聞いてはいたけどね」

「綾音はすごく可愛いけど、塔子さんだって、女性から見たら憧れる存在ですよ」

「ありがとう。わたしからしたら、あなたや九条さんのような女性のほうが憧れよ」

定番の褒め合いを終えたところで、遊歩道から綾音と蒔田が姿を現した。

綾音は塔子がいるのに気づいてはっとした。無意識にか蒔田の陰《かげ》に隠れ、視界に入るまいとする。蒔田は綾音を庇《かば》うようにする。

「あら、こんなところで。――こんにちは、九条さん、蒔田さん」

塔子は頓着《とんちゃく》せずに挨拶した。

「――こんにちは、藤崎さん」

「塔子でいいですよ。ここは綺麗でしょう？　わたしのお気に入りの場所なの」

塔子はにこやかに言った。

「ぼくもずっとここが好きでしたよ。いい景色ですよね」

蒔田が言った。綾音はぺこりと頭を下げ、七実に救いの目を向けてくる。蒔田は所在なげにひとりで海を見ている。

「――ねえ、なんだかあのふたり、お似合いよね」

七実の耳元に口を寄せ、塔子がささやいた。

七実は曖昧《あいまい》な表情で首をかしげ、綾音のもとへ向かった。

帰りはもと来た道を戻るだけだった。塔子は少し歩きたいからと別の道に入っていった。やはり誰かからの連絡を待っているようで、ちらちらとスマホを気にしているそぶりがある。

「秋彦の部屋は一階のつきあたりですよ」

別荘の玄関に向かいながら蒔田が言った。

綾音は蒔田を見る。秋彦のところへ行くべきかどうか迷っていたようだ。丘にいたときも浮かない顔で口数が少なかった。あんな話を聞いたのだから当然だろう。

「やつの趣味は知っているでしょう。ゲームをするために一部屋もらっているんです。おかげで通信速度が速くて助かりますけど、今はゲームより大事なことがありますよね。あいつは昔からそうなんです。ずっと優等生だったから挫折に弱くて、大事なことがあると逃げ出しちゃうんですよね」

「蒔田さんは秋彦さんの部屋に行きますか？」

「行こうと思っていたけど、ふたりで秋彦を責め立てるのもよくないし、まず綾音さんと話したほうがいいでしょう。婚約したての男女を邪魔するほど野暮《やぼ》じゃないですよ」

「――そうですね……。わたし、秋彦さんと話してみます」

綾音は決意を固めた目でうなずいた。

「大丈夫ですよ。さっきも言ったけど、もしも最悪のことがあっても秋彦のことは実家がなんとかしますから。昔からそうだったし」

「昔から――というのは？」

「だから……言いにくいな。聞いていませんか？　彼が婚約破棄したこと。もちろん秋彦は悪くないですよ。むしろ結婚前にわかってよかったんです」

「――ご両親からちょっとだけ聞きました。お相手の方の……浮気ですよね。秋彦さんは心の傷になっているみたいで、言いたくなさそうですけど」

「それを知っているならいいですよ。ずいぶん昔の話だし」

蒔田は苦い顔で手を振った。

「これ以上言うと悪口になってしまうので、本人から聞いてください。秋彦の綾音さんへの気持ちは本当ですよ。さもなきゃ婚約なんてしないです」

わたしが浮気して振られた――ってことになってる。なぜかそうなってる。

七実はぼんやりと塔子の言葉を思い出した。塔子と秋彦が婚約していたとは聞いていないが、婚約破棄の相手は塔子なのか。しかし蒔田も具体的なことは知らなそうである。

「じゃあ、秋彦さんの部屋に行ってみる。七実はどうするの？」

「まだパーティまで時間があるし、部屋にいるわ。着替えも必要だし」

七実は答えた。

玄関を入るとお菓子を焼いているらしい香りが漂ってきた。キッチンのドアが開いており、話し声が聞こえてくる。

これ食べてもいいんですか？　おいしいなあ——と言っている。ドアの隙間《すきま》から見てみると思った通り、青柳の大きな体が見えた。青柳も奈緒と顔なじみなのだ。お菓子の香りをかぎつけてつまみ食いに来たらしい。

「みなさん、奈緒さんと仲がいいんですね」

綾音が秋彦の部屋へ行ってしまうと、七実は蒔田に言った。

「青柳さんたちは大学時代からしょっちゅう遊びに来ていたみたいですね。ぼくは知らないんですけど。子どものころは来てたけど、留学してからはなかなか来られませんでしたから」

蒔田はなめらかに答えて二階の自室へ向かう。七実はさらに三階まで階段をのぼっていった。


んー……。

七実は自分の部屋に入るとパタンとドアを閉め、鍵をかけた。

この部屋の鍵は古典的な鍵穴に差し込むタイプのものである。鍵もアンティーク調の大きなものだ。クラシックでお洒落《しやれ》だが、内側からかけるのにも力がいる。

なんだか妙な感じがする。

パーティ前のお茶会も散歩も問題はなかった。全員育ちがいいから、綾音に反感があっても目に見える意地悪はしなさそうだった。あったとしても七実がブロックすればいい。

つまり問題はないのだ。

——塔子が少なくともひとつ、嘘をついているということを除けば。

七実は自分のキャリーケースを開けた。パーティ用のワンピースを取り出しながら、塔子が部屋に入ってきたときのことを思い出す。

部屋に入ってソファーを見回したとき、塔子は七実のことを視界に入ったのに素通りした。それから綾音に目をとめて、あなたが秋彦の婚約者さん！　と言ったのだ。

塔子は秋彦の婚約者の顔を知っていた。少なくとも写真を見ていたということである。そして知らなかったふりをしている。

こういった演技は七実にはよくわかる。自分がいつもやっていることだからだ。

塔子は広場で誰かからの連絡を待っているようだった。蒔田は七実たちと一緒、青柳はキッチンにいた。秋彦は部屋でゲームをしていた。葛野井だろうか？　葛野井とは同じ車で来たことといい、ほかのメンバーより仲がいいようである。既婚者だが。

やりとりをするだけなら誰でもできる。部屋に閉じこもっていた秋彦がいちばん連絡を取りやすい。

七実は腑《ふ》に落ちない気持ちを抱えたまま、ワンピースをハンガーにかける。綾音のお嬢さんらしさ、可憐《かれん》さを引き立てるためやや派手な化粧をして、分厚いタイツと下着をつけて、太って見えるようにするつもりである。

秋彦は塔子についてどう思っているのだろうか。

七実は綾音から秋彦とのＬＩＮＥのやりとりを見せてもらっている。半年前にお見合いをして、親が勧めてくるのもあって交際を開始、それから順調に結婚が決まった。一目で好きになったというだけあって綾音のほうが積極的だが、秋彦もまんざらでもなさそうな雰囲気だった。

それが、この一カ月くらいは目に見えて返事が短くなっている。最後にＬＩＮＥがあったのは、来月に友達が集まるから綾音も来ればいいというものである。業務連絡のようなそっけなさだったが、綾音は即座に嬉しい！　と答えていた。秋彦が冷たくなったことに気づかないわけがないが、気づいていないふりをしている。

この一カ月――というと、塔子が帰国してからということになる。

七実はベッドに座ってワンピースを眺めながら、自分の役目は綾音を幸せな気持ちにすること、と自分に言い聞かせた。

七実が気にかけるべきことは、秋彦と塔子の間に何があったのかではなくて、綾音がどうしたいのかだ。秋彦が少々冷たくても、綾音が結婚したいのなら全力で応援するだけだ。

塔子が意外と策士で、何かを考えているのならば、綾音に――綾音が望むなら秋彦に知らせたほうがいいのかもしれない。その場合は塔子の悪口を言うのでなく、うまい言い方を考える。たとえ顧客でなくても誰かを――とりわけ女性を傷つけるのはポリシーに反する。

考えていたらスマホが鳴った。

綾音からのＬＩＮＥである。

今、秋彦さんの部屋を出たところ
秋彦さん、塔子さんと連絡をとりあっていたみたい
嫌な予感が当たっちゃった

七実はしばらくＬＩＮＥの画面を見つめ、ゆっくりと文章を考える。

直接言われたの？
よければ話聞くよ。部屋に行こうか？

秋彦さんがＬＩＮＥの画面を見せてくれたの
たいしたことは話してないけど、連絡とっていたってだけでもショックだよ……

それだけだったらわからないよ。連絡が来て返事しているだけかもしれないし
何の話をしていたの？

塔子さんが、ミーナがどうこうって言ってて
これは誰って訊いたら、昔付き合っていた人だって
塔子さんて、ミーナさんから秋彦さんを取ったらしいんだよね

ミーナ？
七実はスマホを見つめて眉をひそめた。

どこかで聞いたような——と考えて思い出した。さっき塔子と話をしたときに出た。サークルのマネージャーだった女性だ。そして秋彦の大学時代の恋人。

もうひとりの元カノ——ということになる。塔子の話からして、秋彦は塔子よりもミーナのほうと長く付き合っていたらしい。蒔田の言う、婚約破棄までいったというのはミーナのほうか。

塔子は綾音の顔を知っていた。秋彦から写真を送ってもらっていたのか。秋彦は鈍そうだから、見せてと言われてひょいと送ったということはありうる。

とはいえ今、そのことを綾音に伝えるわけにもいかない。

別れようって言われたわけじゃないんでしょう?

パーティだってあるし、綾音が婚約者だってことには変わりないよ

七実はベッドに座ったまま、懸命に綾音を励ました。

外はもう暗くなっていた。時間は六時半。あと三十分でパーティだ。綾音の部屋へ行って事情を聞きたいが時間がない。急いで着替えなくてはと思いながら窓辺に行き、カーテンを閉めようとして、庭に男性がいるのが見えた。

葛野井である。

葛野井はすぐに七実に気づいた。煙草《たばこ》を吸いながら部屋を見上げていたようだ。目が合うと左手を振ってくる。

七実は手を振り返した。


「――ではあらためて、高野秋彦さんと九条綾音さんのご婚約を祝って。僭越《せんえつ》ながらぼく、葛野井和樹が乾杯の音頭《おんど》をとらせていただきます」

葛野井がグラスを片手に言っている。

ダイニングテーブルのまわりには七人が集まっていた。男性四人、女性三人。キッチンを背にした中央には秋彦と綾音。綾音は髪をアップにし、ピンク色の花柄のワンピースを着ている。やや青ざめているが相変わらず可憐である。

七実はベージュのニットのワンピース。塔子は複雑な刺繍《ししゅう》がほどこされたエスニック風のドレスを着ている。深い襟《えり》ぐりから白い胸もとが見える。ガラスのロングネックレスとイヤリングが、洋風モダンのインテリアにしっくりと合っていた。

秋彦はシャツとジャケットを身につけ、ネクタイを締めている。

「結婚式やるんだろ。いつだっけ？」

乾杯が終わったところで蒔田が尋ねた。蒔田は秋彦の向かいの椅子《いす》に座っている。年代ものらしく、肘《ひじ》掛けの部分がシャンデリアに照らされて光っている。

メンバーはどっしりとしたテーブルをとりまく形でそれぞれの場所に散っていた。あちこちにある椅子やスツールは違うものなのだがテイストをそろえてあるらしく、部屋に調和していた。

「半年くらい先かな。結婚披露宴やるから来てくれよな」

秋彦が答える。秋彦はグラスを持ったまま北欧のものらしいシンプルな木製の長椅子に綾音と並んで腰掛ける。

「場所は？　できれば都内で頼むよ。忙しい時期なんで」

「――みなさんお待たせしました」

話していたら奈緒が銀色のワゴンを運んできた。

ワゴンの上には蓋《ふた》をされた大皿が載っている。蓋を開けると大きなローストビーフと付け合わせのマッシュポテトがあらわれた。青柳が嬉しそうに立ち上がる。

「これこれ。奈緒さんはこれがあるからいいんだよなあ」

「前菜を先にお召し上がりくださいね。切り分けておきますので」

奈緒が言った。ワゴンの下の段から人数分のガラスの器をテーブルに出し、サラダとスープを取り分けはじめる。

七実は海老《えび》のゼリー寄せのグラスを取った。綾音が楽しんでいるようなので一同から離れてソファーの席に行き、スプーンを入れる。

「――この家、奥の部屋にプレイルームがあるんだけど知ってた？」

ソファーに座って海老を食べていたら、葛野井が話しかけてきた。

テーブルのまわりでは五人が和やかに話している。秋彦と綾音のなれそめの話に沸いているようだ。秋彦も機嫌がいいようで、蒔田にひやかされるのにまんざらでもない顔をしている。

「いいえ。あたしはここへ来るのは初めてなので」

七実は答えた。今日は綾音を際立たせるため全体的に野暮ったく仕上げているのだが、こうなると武装が完璧でないようで心許《もと》ない。

「ビリヤードとか、ダーツとかできるんだよね。多分、あとでみんなで行くことになると思うよ。ビリヤードやったことある？」

「何回か。うまくはないです」

「じゃあ俺が教えてあげるよ。――ナナちゃん、彼氏いるって言ってたけど、今日は彼氏はよかったの？　男性いっぱいのところへ来て妬《や》いたりしない？」

　あたしの彼氏は優しいから大丈夫ですよ、ご心配なく――と答えようと思ったが、ふと思いとどまって七実は悲しい顔になった。

「だったらいいんですけど……。残念ながら別れちゃったんですよ」

　葛野井の黒ぶちの眼鏡の奥が細まった。

「へええ。ナナちゃん可愛いのにね」

「ありがとうございます。今日は綾音の幸せにあやかろうと思ってきたんですけど、逆に凹《へこ》んでいたんです。綾音に加えて藤崎塔子さんでしょ。美人で賢くて性格もよくて、もう完璧な女性すぎて、あたしなんて絶対にかなうわけないって」

「完璧な女性か。確かにな。でも、性格はそんなによくもないよ。仕事辞めたのだって、向こうで不倫したからだし。秋彦はそれでもいいみたいだけど」

　葛野井はさらりと聞き捨てならないことを言った。

　ポケットから煙草を取りだし、禁煙だということに気づいてしぶしぶポケットに戻す。テーブルではまだ五人が談笑していた。青柳はローストビーフを食べ、秋彦は飲んでいる。塔子が気になるらしくこちらを見ている。

「葛野井さん、煙草吸いたいでしょ。外行きませんか？」

七実は葛野井を誘った。

「ひょっとしてナナちゃんも喫煙者？」

「あたしは吸いませんけど、煙草を吸っている人は嫌いじゃないんです。元彼がそうだったから」

ちょうど前菜を食べ終わったところだった。七実はグラスだけを持って席を立った。


玄関を出ると葛野井は慣れた様子で歩いていった。七実も続いた。七実の部屋から見下ろす場所が、ちょうど喫煙スペースになっているようだ。

「――それで、塔子さんのことですけど……。ストレートに訊いちゃいますけど、秋彦さんと塔子さんて、今はただの友だちですよね？　今日の昼間に塔子さんと話したんだけど、誰かを待っているみたいだったし、ちょっと混乱しちゃって」

歩きながら七実はゆっくりと切り出した。

「あ、やっぱり気になる？」

葛野井は笑顔で食いついてきた。思った通り、何か言いたくてたまらないことがあるようだ。

「それは気になりますよ。親友には幸せになってもらいたいですから。まさかと思いますけど、塔子さんと秋彦さんが内緒で会ってたりしなければいいなって。葛野井さんはほかの方よりも塔子さんと親しいみたいだから、思い切って訊いてみました」

「親しいといえば親しいね。塔子とは中学から一緒だから。うちのサークルは持ち上がりが多くて、外部からの一般入試組は少数派だったんだよね。中でも学校が同じなのは俺と塔子だけでさ」

「同じクラスとか、昔からの友人だったんですか？」

「いや、学校が同じだっただけ。俺は一学年上だし。――浪人してるから。医学部だから浪人は珍しくない」

葛野井はやや言い訳がましく最後の言葉を付け加えた。

「ではなぜ塔子さんの中学校のときのことを知っているんですか？」

「塔子は学校じゃ有名人だったんだよ。ラクロスでいいところまでいってたし、中等部で女で初めての生徒会長になった。学校外でもめちゃくちゃ目立ってて、他校の男としょっちゅうふたりで歩いてた。そういうことは、ほかのやつらは知らないよね」

葛野井は煙草に火をつけながら言った。

「ああ、わかります。活動的な人ですよね。女子サッカーもやっていたと仰《おつしや》っていました。

葛野井さんはもともとフットサルをやられていたんですか？」

「いや。俺は中高は帰宅部だった。後悔はしてないよ。おかげで今があるわけだから。塔子と付き合ってた男は、今はたいしたことない会社でたいしたことないサラリーマンやってるだろうよ」

「葛野井さんは塔子さんとお付き合いしていたことはあるんですか？　大学のときとか」

「ないけど、友人としてはいちばん近いよ。今日のパーティだって、連絡したらすぐに車に乗せてくれって言われたし。俺は既婚者だってのに。抵抗がないんだよ」

葛野井の声には隠しきれない嬉しさがあふれている。

なかなか正直なやつだなと七実は思った。きっと十代の葛野井は勉強に打ちこんでいたのだろう。そして遠くで一学年下の有名人、藤崎塔子がほかの男性と颯爽《さっそう》と歩いているのを眩しく眺めていた。

浪人の末、塔子と同じ大学の医学部へ入学し、同じサークルへ入る。偶然なのか目指したのかはわからないが。交際したこともないのに卒業して十年経っても喜んで運転手に使われる。憧れの藤崎塔子と親しくなれてよかったねと言いたくなる。

「秋彦と塔子が別れた原因、聞いてる？」

葛野井は話を変えた。

「なんとなく……でも、塔子さんを見ていると、浮気とか信じられないんです。ほんと素敵な女性ですよね。サバサバしていそうか、竹を割ったみたいな」

「サバサバしてたら浮気なんかしないって。しかも不倫。結婚している男とホテルに行ってた。塔子は人のものが欲しくなる女なんだよね。仕事を辞めたのも、塔子はセクハラとか言い訳してるけど、不倫してたからだと思うよ。で、今回は元彼の秋彦が婚約したって聞いて、取ってやろうと思って来たんじゃないかな。気をつけたほうがいいよ」

「そうですか……」

人のものが欲しくなる女だというのは初耳である。葛野井は楽しそうに煙草の煙を吐き出している。

「俺なんかは、秋彦はミーナにしておけばよかったのにって今でも思ってるんだけどね」

「ミーナさんて、大学のときの恋人ですよね、彼女とはなぜ別れたんでしょう。秋彦さんが塔子さんを好きになったから？」

「ミーナもモテる女だったんだよなあ」

葛野井は含みのある言い方をした。

「秋彦って女運がないんだよ。しょっちゅう浮気される。何か本人に原因があるのかもな。付き合ってみたら満足できないような何かが。九条さんとはうまくいけばいいけど」

思春期の鬱憤《うっぷん》というものはずっとひきずるものなのか。塔子にもミーナにも秋彦にも親しみはないが、いいかげん悪口を聞くのが嫌になってきた。

「――ナナちゃんはどうなの？　不倫とかどう思う？」

葛野井は一本吸い終わり、携帯用の灰皿を出した。七実が微妙な顔になっているのに気づいているのかどうか、やけに優しい声で言う。

「あたしは不倫は断固否定です」

「好きになっちゃったら？」

「ならないから大丈夫です」

「煙草を吸う男性が好きだって言わなかった？」

「嫌いじゃないって言っただけですよ」

おまえは塔子が好きなんじゃないのか。いやそれ以上に妻が好きじゃないのか。

この流れは困るやつである。葛野井は携帯用灰皿をポケットにしまっている。距離が最初よりも近くなっていた。人気《ひとけ》のないところへ誘い出したのは七実だし、綾音の立場を考えると表だって抵抗するわけにもいかない。

「――葛野井さん？　星野さん？」

女子スキルをフル動員して逃げる方法を考えていると、声がした。

七実はほっとして振り返る。思った通り、蒔田がきょろきょろしながら玄関から向かってくるところだった。

「ああよかった、こんなところにいたんですか。ふたりしてどこに消えたんだろうってみんなで話していたんですよ」

蒔田は言った。なめらかに七実と葛野井の間に割って入る。

「ちょっと新鮮な空気を吸いたくなっちゃって。すぐに戻ります」

「これからゲームをするみたいですよ。イエスかノーかの真実ゲーム。みなさんの定番らしいですね。なかなか怖いですよ」

蒔田は葛野井に向かって言った。

葛野井は横を向き、しぶしぶ玄関に向かって歩いていく。

「ありがとうございました、蒔田さん」

七実は蒔田に礼を言った。

「しっかりしなきゃダメだろ、プロなんだから」

蒔田が呆れたようにつぶやいた。七実は蒔田を見た。蒔田は何事もなかったかのように前を向いて歩いている。

「ええーだってそれ、俺は不利じゃん。お酒飲めないんだから」

青柳が唇を尖《とが》らせて言っている。

蒔田と七実が部屋に入っていくと、ローテーブルのまわりに五人が集まっていた。綾音は困ったような顔で七実と目を合わせ、隣のスペースを空ける。七実は綾音の隣に腰を下ろし、蒔田は離れたスツールに座った。

テーブルの上には取り分けられたサラダと洋風茶碗蒸《ちやわんむ》しの皿、お酒の瓶《びん》とグラスが並んでいる。七実と葛野井と蒔田が席につくと奈緒がキッチンからやってきて、それぞれの前にローストビーフの皿を置いた。

「久しぶりに会ったんだから近況知りたいだけよ。変なこと訊かないから。どうしてもダメなら断ってもいいわよ。青柳ならわたしが許す」

おかしそうに言ったのは塔子である。塔子はシャンパングラスを持ったまま、ドア付近にあるひとりがけのソファーに座っている。

「嫌ならキスすればいいじゃん。本当のことを答えるか、指名された人にキスするか、酒を飲むか。昔はよくやった。どれかを選べばいいんで、別に難しくないよな」

葛野井が言った。葛野井は塔子の横にあるスツールに座っている。ローストビーフを一皿平らげ、奈緒からワインのグラスを受け取る。

どうやらオリジナルのゲームが始まるらしい。七実は微笑《ほほえ》みながら自分の設定を再確認する。何を問われてもごまかせると思うが、葛野井あたりがからんでこないことを祈る。

「あまり変なこと訊くなよ、今日は俺の婚約発表なんだから」

秋彦の右手のウイスキーグラスは空に近い。すでに酔っているようだ。

「俺は公務員なんで、そういう遊びはもう卒業したんだよ」

青柳は洋風の茶碗蒸しをスプーンですくって食べながら言った。

「キスをしろって指名された人に拒否権はあるんですか？」

綾音が真面目な顔で尋ね、一同はどっと笑った。

「嫌なら断ってもいいわよ。でも男から女にキスするのはないから安心して。青柳だったら葛野井とか？　さすがに婚約者がいる人にやれとは言えないわ」

塔子が言うと、葛野井が手を振った。

「勘弁しろよ。だったら蒔田さんでいいだろ」

「ぼくはやれって言われたらやりますよ」

「蒔田さん、こういうゲーム好きなの？　意外だわ」

塔子はつぶやいて青柳に向き直る。

「じゃあ簡単な質問にするね。――青柳って本当のところ彼女いるの？　結婚したいってずっと言ってるけど、女っ気まったく感じないんだけど」

「いないよ。言ってるじゃん。仕事が忙しすぎて婚活もできないんだよ」

「最後の彼女がいたのは？」

「三年前。友だちの紹介で付き合ったけど、毎日残業で自然消滅しました。結婚しておけばよかった。これでいいか？」

「ナナちゃん、チャンスですよ」

葛野井が茶々を入れる。七実は笑ってローストビーフの付け合わせのマッシュポテトを口に運んだ。バターソースがとてもおいしい。ローストビーフは食べやすいように一口サイズに切ってある。奈緒はいい料理人である。

「じゃあ次、俺から星野さんに訊いてもいい？」

蒔田が手をあげた。

「いいですよ。なんですか？」

七実はフォークを置いた。葛野井でなくてよかったと思う。

「七つ丸商事を辞めたのはなぜ？」

「人間関係です」

七実は答えた。

「お局様《つぼね》に虐《いじ》められた？」

「ちょっと違うけど、そんな感じ。よくあるゴタゴタですよ。あたしの根性が足りなかったんだと思います」

「もったいないよね。七つ丸商事っていったら有名企業だし。後悔してる？」

「してないですね。今の仕事が楽しいので。——では次、あたしからいいですか？　綾音に」

七実は自分の話が長引く前にすばやく言った。たいした話を振られなくてよかった。蒔田にひとつ借りを作ってしまった。

蒔田の雰囲気は昼間と違うように思えた。酔っているのか、綾音に対するのと七実に対するのとで変えているのか。何かを勘づいているのかわからない。

さきほど蒔田は七実に、プロなんだから——と言った。聞き間違いではなかったと思う。

「わたし？」

綾音は無邪気に言い返した。

手もとにあるのはレモンジュースである。お酒には手をつけていないようだが、綾音がお酒に強いことを七実は知っている。

「うん。綾音、秋彦さんのどこがよかったの？　いろいろ聞いているんだけど、よく考えたら詳しく知らないんだよね。お見合いで結婚するってどんな感じ？」

七実は無難に尋ねた。ここはまわりにアピールするべきところである。

綾音は軽く首をかしげる。

「うーん……。うまく言えないな。最初は親に勧められたからだったけど。話していくうちに誠実な人柄に惹《ひ》かれていったって感じです」

「誠実？　秋彦が？」

葛野井がわざとらしく噴き出した。無視して七実は重ねて尋ねる。

「信じてるんだよね。何があっても」

「もちろん。誰がなんて言っても、わたしは秋彦さんを信じてる。わたしも、秋彦さんを裏切るようなことは絶対にしないし、お互いに嘘のない家庭を築きたいと思ってる」

綾音はきっぱりと言った。

誰も茶化すことができず、白《しら》けた空気が漂った。綾音の隣にいた秋彦が落ち着かない様子で目をそらし、ウイスキーグラスに新しいウイスキーを注ぐ。塔子はじっと秋彦を見つめている。葛野井がそんなふたりを面白そうに見守っている。

「――信、いいかな」

空気を破ったのは秋彦である。秋彦はウイスキーグラスから酒をあおり、蒔田が秋彦に顔を向けた。

「何？」

「――おまえ、実は綾音のこと気になってるだろ。今日、綾音がこの部屋に入ってきたときから。違うか？」

秋彦がこんな尖った声を出すとは思わなかった。

そう思ったのは七実だけではなかったらしい。塔子と葛野井が笑顔を消した。

「飲み過ぎだよ、秋彦」

蒔田は苦笑した。

「仮にそうだったとしても、九条さんはびくともしないよ。九条さんはおまえの歴代の彼女とは違う。さっきの言葉を聞いただろ」

「俺はおまえに訊いてるんだよ。本当は綾音が好きなんだろう。真実を答えろよ。そういうゲームだろ」

「秋彦、そういうのやめろって。気持ちはわかるけど昔のことは忘れようよ。結婚するんだから」

青柳が冗談めかしていさめた。葛野井はいたましいような表情でうなずいている。蒔田は呆れたように首を振った。

「飲むからグラスをくれ」

「真実は答えたくないっていうんだな」

「——奈緒さん、ビールグラスくれる？　いちばん大きいやつ。あとギネスを一瓶。よく冷えたやつね」

それまで無言だった塔子が割って入り、奈緒にビールを頼んだ。

キッチンの前で控えていた奈緒が無言で冷蔵庫を開け、グラスと瓶を出す。ギネスビールの栓《せん》を抜き、お盆に載せて持ってきた。ローテーブルの横にひざまずくようにしてビールを注ぐ。

グラスもビールもよく冷えているようだった。グラスのまわりに水滴がつきはじめる。蒔田はあたりを見回すようにしてグラスを取り、口に運んだ。焦るでもなく、ゆっくりと味わうように飲む。三分の二を飲んだところで置いた。

「今はここまで。まさか飲めない人に飲ませるゲームじゃないだろ」

「本当は秋彦とキスしてもらいたいところだけど、まあいいわ。——ねえこの際、奈緒さんに訊いてもいい？」

空の皿とグラスを片付けている奈緒に塔子が尋ねた。

「わたしですか」

「そう。秋彦と九条さんのこと。どう思う？　奈緒さん、これまで秋彦の歴代の彼女を見ているでしょ。ミーナにも会ってるし。わたしも含めて、誰がいちばん？」

奈緒は汚れた皿を持ったまま、一同を眺めた。綾音がいたたまれないように目を伏せる。

「九条さんですね」

奈緒は少し考えたあとで言った。綾音が意外そうに顔をあげる。

塔子はやや鼻白んだ。

「ふうん。――どのあたりが？」

「お強いので」

「それはないだろ。強いって言ったら、塔子のほうがよっぽど強い。サークルクラッシャーですよ？　ミーナから秋彦を奪ったのは誰かって話だよ」

「奪ってないわよ。葛野井、いいかげんそういう話やめてくれる？　ミーナはわかってるし、恋愛に奪ったも何もないでしょ」

「そりゃミーナはそう言うだろうけど」

「葛野井さん、あたしから質問いいですか」

葛野井がからみはじめる前に七実が手をあげた。

「葛野井さん、本当は塔子さんのことが好きなんでしょう。昼間から見ていて思いました。

んですか?」

塔子さんのお話をするとき、とても嬉しそうですもん。悪口を言うのも好きだからじゃない

無邪気を装って七実は言った。

塔子が苦笑して足を組み直す。エスニック風のドレスの下からすんなりしたふくらはぎがのぞく。素足だった。葛野井が吸い込まれるように塔子の足を見つめ、慌てて目をそらして眼鏡に触れる。

「星野さんの目から見たらそう映るかもね。でも違うのよ、これは葛野井の持ちネタなの。わたしがサークルクラッシャーだって。いいかげん言われすぎて慣れちゃった」

「奈緒さん、俺にもグラスくれ」

塔子が呆れたようにとりなすのを遮《さえぎ》るようにして、葛野井が大きい声を出した。

奈緒がお盆にビールとグラスを載せて持ってくる。葛野井は瓶をつかみ、グラスにビールを注ぎ入れた。

「あら葛野井も飲んじゃうの。いいかげん認めたらいいのに。わたしのことが好きだって」

塔子が楽しそうに言いかけるのを、葛野井が遮った。

「――そうだな、認めるよ。好きだよ。サークルの男はみんな塔子のことが好きだろ。男女の友情とかありえないし、そうじゃなきゃこんなふうに続かない。今日だって塔子がいなき

ゃ来るわけないよ」

葛野井はビールをあおるように飲み、口を開いた。

「それは恋愛感情として？」

青柳が尋ねた。びっくりしたように目を見開いている。

「うん。今もそうだよ。塔子がいいというのなら、結婚してもいいと思ってる」

塔子は一瞬、眉をひそめた。すぐに気を取り直し、作ったような笑顔になる。

「何言ってるの葛野井、あなたには可愛い奥さんがいるでしょ」

「車の中で話しただろ、もうダメになってるんだよ」

葛野井は自嘲《じちょう》した。これまでとうって変わった低い声である。眼鏡を押しこみ、グラスに残ったビールを一息に飲む。

グラスから口を放し、葛野井はニットの袖《そで》口で口元を拭《ぬぐ》った。空になったグラスをことんとテーブルに置き、眼鏡をかけ直す。

「俺、今日はそれを言おうと思ってきたんだ。――塔子さえよければだけど。次の仕事、決まってないんだろ。俺と一緒にいたら一生養ってやる。海外にも好きに行けばいいし、なんでも買ってやるよ」

「――冗談でしょ」

「本気だよ。家のことはなんとかする。俺は昔とは違う。それくらいできる。秋彦も結婚するんだし、いいかげん諦《あきら》めてもいいじゃないか。俺なら塔子を幸せにできる。――藤崎塔子さん、俺と結婚してください」

葛野井は真顔で塔子に向きなおり、頭を下げた。

「ちょっと待ってよ。人の人生勝手に決めないでくれる」

「秋彦、俺から質問していいか。ふたりの話はふたりきりの場所でやってもらえ」

蒔田が割って入った。

塔子と葛野井はふたりで見つめ合っている。葛野井はプロポーズではなく喧嘩《けんか》を売っているような顔をしている。

「あ――あ、うん」

秋彦は動揺を隠せない様子で前を向いた。

「秋彦、おまえ、今日より前に塔子さんと連絡をとっているだろう。今日の昼間、ＬＩＮＥかなんかしていたんじゃないのか？　俺が綾音さんと散策をしている間」

蒔田は秋彦を見つめて言った。秋彦はぎくりとしたようだった。

「なんでそう思う」

「昼間、散歩しているときに藤崎さんと会ったんだよ。藤崎さんが誰かを待っているみたいだったから。結局来なかったけどな。あれ、おまえのことを待っているんじゃないかと思った」

　秋彦は苦い顔で手を振った。

「違うよ。ＬＩＮＥのやりとりはあったけど、俺からじゃない。連絡が来たのは塔子からだ。ニューヨークから帰ってきたからふたりで会いたいって。でも俺は今日まで会わなかったよ。綾音を裏切ったりしない。そんな男じゃない」

「本当に？」

　葛野井が尋ねた。塔子と秋彦の顔を交互に見る。

「本当だよ。なんなら綾音に訊けばいい。綾音にも同じことを訊かれて、さっきＬＩＮＥを見せた。うしろめたいことがあるなら見せるわけないだろ」

「秋彦、それ、みんなの前で言う？　普通、内緒にするやつじゃない？」

　呆れたように塔子が言った。

「それは、相思相愛でいいことですなあ。相変わらず秋彦はモテるね！　俺は完敗だよ、勝てるわけないんだよ。昔からそうだった。なあ青柳！」

　葛野井がやけくそのように大声で茶々を入れた。

「いや、俺は誰にも負けてると思ったことはないけど」

青柳は葛野井に反論した。

「じゃ、塔子さんにわたしから質問していいですか」

綾音が口を開いた。綾音のレモンジュースは空になっている。塔子はテーブルに手を伸ばし、水のグラスを取って飲んだ。

「どうぞ、九条さん」

「塔子さんは、まだ秋彦さんのことが好きなんですか」

綾音は塔子を見つめ、一息に言った。

塔子は水のグラスを持ったまま止まる。一同が塔子に注目した。

「それ、九条さんから訊かれるとは思わなかった」

「どうしても知りたかったので。――もしも答えたくないなら、わたしとキスしましょう」

「綾音、何言って」

秋彦が半笑いで何かを言おうとする前に、塔子が立った。

ことりとテーブルにグラスを置く。紫のドレスの胸もとの鳥の刺繍にガラスのロングネックレスが映えている。

綾音も立ち上がった。ソファーのうしろをまわって塔子に近づく。綾音の身長は塔子の肩くらいまでしかない。ピンク色の花柄のワンピース姿の綾音は可憐な少女のようである。

塔子が手を伸ばし、ぐいと綾音の肩をつかまえる。

綾音は目をそらさなかった。塔子と綾音は何も言わずに見つめ合う。一同は思わず黙り、固唾《かたず》をのむ。

塔子はふっと笑い、手を離した。

どさりとソファーに腰を下ろす。綾音も何事もなかったようにもとの席に戻った。緊張がほどけ、ほっとしたような空気が漂う。動じてないのはキッチンの前にいる奈緒くらいである。

塔子は一同を見渡し、額に手を当てた。

「参ったな……。わたし、今日、確かめるために来たのよ。わたしは秋彦のことをまだ好きなのか。秋彦は綾音さんのことを本当に好きなのか。そしてまだ秋彦がわたしのことを好きなら、奪ってやろうと思った」

「――そんなことできるわけないだろ、婚約してるんだぞ」

葛野井が震え声で言った。

「お見合いで会って半年でしょ。お互いのことは何も知らないはずよ。奪ってやるくらいできるわよ。サークルクラッシャーだもの、わたし。

でも、ふたりの言葉を聞いてわかったわ。ふたりは愛し合っている。いくらわたしが秋彦を好きでも、わたしが入る隙間はない。こうなったら身をひいて葛野井の妻になろうかな、なんて思っていたところよ。冗談だけど」

「俺は別に……本気でも」

「――塔子、秋彦のどこが好きなの？」

ふいに尋ねたのは青柳である。

いたわるような声だった。この場でやっと優しい声を聞いたと思った。

「俺、ずっと不思議だったんだよね。秋彦はそんなにいい男かなって。背が高いし金持ちだし、頭もいいのは認める。俺のノートのコピーを使って俺よりもいい成績とっちゃうし、フットサルだってかっこよかったよ。でもそれって学生時代のことじゃん。俺は、秋彦がなぜ就活しないのかわからなかったよ」

「――医学部に入れなかったからだろ。医者以外はゴミなんだよ」

葛野井がぼそりとつぶやいた。秋彦が顔をあげる。初めて瞳に強い感情――怒りと憎しみ、あるいは嫉妬《しっと》の色が見えた。

「――青柳、葛野井、そういうのはやめて。秋彦が悩んでいないと思う？　人の内面を勝手に決めつけないで」

塔子は一同を見渡すようにして言った。

「わたしと付き合っているときの秋彦はどん底だったのよ。ちゃんと就職活動をすればよかったと悩んでたし、自分の一生についてやっと考えはじめていたときだったの。大学に入り直すことも視野に入れてた。受験の準備も進めてた。秋彦の成績なら入れたと思う。そういうことをいっぱい話して、わたしは秋彦を理解した。その上でこの人が好きだと思ったのよ」

「――だったらなぜ浮気なんかした？」

葛野井が訊いた。いつのまにか新しいギネスビールを空けている。

塔子は黙った。うつむいて横を向く。秋彦はこれまでになく真剣な表情で、じっと塔子を見つめている。

その場の空気を破るようにして、綾音が立った。

「ごめんなさい。わたし、気分が悪くなったわ。部屋に戻る」

綾音は言った。

そのまま目をそらし、ワンピースの裾《すそ》をひるがえすようにしてドアへ向かう。

「――綾音」

「行ってあげたら？」

弱々しく婚約者を呼ぶ秋彦へ向かって、塔子は言った。

綾音はドアを開け、部屋を出ていく。古い蝶番《ちょうつがい》が重い音を立てた。秋彦が救いを求めるように塔子を見る。

塔子はあーあ、とのびをして立ち上がった。

「わたしも行くわ。ちょっと飲み過ぎちゃった。みんなの本音を聞けると思ったんだけど、変な話になっちゃったね。奈緒さん、缶ビールない？　部屋で飲み直したいんだけど」

「どうぞ」

「三本ちょうだい」

奈緒は塔子に国産の缶ビールを三本渡した。

塔子は両手にビールを抱え、ドアの前でおどけたように笑った。

「じゃあね、みなさん。わたしは明日の朝、早く帰ることにする。みんなと会うのはこれで最後になると思うから、言いたいことがあったら今晩のうちに連絡してね」

「――え、どういう意味」

「帰るなら俺が送っていくよ」

青柳がつぶやき、葛野井が声を重ねた。

「タクシーで帰るわよ。葛野井の車で帰るのは奥さんに悪いもの。サークルクラッシャーだとか、人のものを取る女だとか、あちこちで噂を流されたくないしね。どちらにしろこれから就職活動しなきゃならないし、連絡先も全部変えて、心機一転しようと思っていたの。今日来たのはみんなへのご挨拶よ」

塔子は葛野井に向かってにっこりと笑った。

綾音と塔子がいなくなるとリビングは急にがらんとして見えた。葛野井が耐え切れなくなったように立ち上がり、体をひるがえす。リビングには四人の人間が残された。

「――秋彦、どうするんだよ。なんとかしろよ」

困ったように青柳が言った。

「なんとかって、勝手に部屋に戻ったんだろ」

「だから塔子と葛野井は俺がなだめておくよ。秋彦は綾音さんのところへ行ってやれよ。あんなこと言ってるけど、塔子だってこれで終わりにするつもりはないって」

「どうかな。青柳は塔子のことを知らないだろ。あいつはハッタリであああいうことは口に出さないよ。そういう女じゃないから」

「だったらなおさら」

「秋彦さん、このままじゃ手遅れになりますよ」

七実は青柳の言葉にかぶせるようにして言った。

「大事なものってなくして初めてわかるんだと思います。欲しいものは自分で手にいれておかなきゃ。なくなってから後悔したって遅いですよ」

秋彦は七実を見た。初めて七実の存在に気づいたようだ。綾音の友人としては認識していたが、これまでまったく七実に興味がなかったのだろう。

秋彦は立ち上がり、青柳と七実の間をすり抜けてドアを開けた。七実は秋彦を追った。秋彦は階段を上るのかと思ったらそのまま廊下を歩いていく。

秋彦は塔子にも綾音にも会わない。自分の部屋でゲームをするのだ。

「すみません、星野さん。せっかく来たのに嫌な目に遭わせちゃって。だからあんなゲーム、やめたほうがいいって言ったのに」

青柳がなぜか謝った。秋彦に対して七実と同じように失望したらしい。

「いいえ。お食事とても美味しかったです。青柳さんもお疲れさまでした。お仕事がお忙しいんですよね。今日はゆっくり休んでください」

七実は青柳に向かい、無難な挨拶をした。


リビングに戻ると奈緒が空いた皿やグラスをワゴンに載せていた。ローストビーフは三分の一ほどが残った状態で冷たくなっている。パーティはさんざんな終わり方だったが、料理は全員が堪能したようだ。蒔田だけグラスを手に立ち、窓から外を眺めている。

「手伝いますよ、奈緒さん」

奈緒へ向かって七実は言った。

奈緒は昼から働きづめだった。いくら仕事とはいえこれだけの量の洗い物や片付けは大変だと思う。

キッチンではコーヒーカップの準備もしてあったが、そこまでいきつかなかった。夕方に焼いていたお菓子も無駄になった。おそらく明日の朝食の準備もあるだろう。七実は彼らの仲間ではない。奈緒を飲食店の従業員のように使うことはできない。

「あ、いいですよ。お客さまですから」

「じゃあお皿だけ下げますね。ずっと座っていたので何かやりたい気分なんです」

七実は手もとの汚れたお皿をまとめ、ワゴンに載せた。

奈緒はほっとしたようだった。それ以上は止めず、ふたりでせっせとテーブルのお皿をワゴンの上に移す。

「奈緒さんは、ここにお勤めされたのはいつからなんですか?」

「十年くらいですね。結婚してからですから。勤めているっていう意識もないんですけど。料理をするのは好きなのでおかまいなく」

「じゃあ蒔田さんとは初対面なんですね」

「――それはわたしにはわかりません。これまでにも何回か、遠縁の男性の方がいらしてます」

奈緒は一瞬考えたのちに言った。ワゴンいっぱいに皿を載せ終わり、キッチンへ向かっていく。広いリビングには七実と蒔田が残された。

「――蒔田さん、あなた、本当に秋彦さんの遠縁？」

七実は蒔田に尋ねた。

蒔田はグラスのワインを一口飲み、七実に顔を向けた。

「星野さん、意外とファクトで責めるタイプ？」

この男は諦めが早いと七実は思った。もう演技を忘れている。

「どちらかといえば雰囲気重視だけど、キャラクター設定が甘い人間はわかる。あなたは女性慣れしていない高学歴理系の研究者じゃない。結婚したい女性にとっては美味しい肩書きだけどね。何年も会っていない親戚の友人の集まりに来るのも変、秋彦さんに兄貴風を吹かすのも変。最初は塔子さんが雇ったのかと思ったけど違うよね。――依頼主は高野秋彦さん？」

「そっちの依頼主は九条綾音だろ。場合によっては協力してもいいよ。目的は同じかもしれない」

　ということはこの男には目的があるのだ。綾音に気のあるそぶりをし、秋彦から綾音を裏切ったりしないと告白させるような目的が。

「どうしてわたしがプロだとわかったの？」

「聞いちゃったからね。偶然ではないけど。仕事中はあまり喋らないほうがいいよ」

　七実は黙った。そういえば綾音と自分の部屋で、仕事について話した。蒔田が散歩に誘いに来たのはその直後だ。

「……盗聴？　わたしの部屋に？」

「まさか。盗聴器なんて仕掛けませんよ。それじゃ犯罪になってしまう。もっと古典的な方法。この建物のドアって、鍵穴に耳をくっつければ話し声が聞こえるんだよ。ふたりで何か相談してるだろうと思ったら案の定。あとは葛野井さんに訊いたら年齢が合わなかったとか、そういうのかな。――ここまで言ったんだからそっちも話していいだろ。本当は九条さんの友だちなんかじゃないって」

「友だちよ。プロのね。わたしの目的は綾音に幸せな時間を過ごしてもらうこと。それだけよ」

「だったらやっぱり目的は同じだ。俺の目的は九条綾音と高野秋彦を別れさせること。ふたりは結婚して幸せになれると思う？」

「思わない。でもあなたに協力はしない。わたしはわたしの仕事をする」

奈緒が来た。ワゴンに残りの皿を移動させはじめる。七実も手伝った。蒔田は放っておくのかと思ったら、いつのまにかグラスを集めてテーブルの端によせている。

プロのふたりは協力して、黙々とパーティの後片付けをする。

思った通り運ぶだけでも時間がかかった。廊下に足音と、遠くの玄関が開くような音がする。ふたりとも知らないふりをした。


三階のフロアはひっそりと静まりかえっていた。

三階には部屋が三つある。階段をあがってすぐの場所が綾音、隣が七実、反対側が塔子である。綾音の部屋からはかすかな明かりが漏《も》れている。

七実は足音を忍ばせて塔子の部屋まで行ってみる。明かりはついていないようだ。鍵穴に耳を当ててみたが何も聞こえない。

塔子は、わたしと話したいなら連絡してと言い残して去った。蒔田以外の男性は塔子のスマホの連絡先を知っていると思う。誰に会いに行ったのかと考えていたら、綾音の部屋のドアが開いた。

「――塔子さんはいないよ、七実。さっき出ていったから」

綾音は七実に声をかけた。パーティのときのままのワンピースの姿である。

綾音よりも塔子の動向を気にしているのを見透かされているようで七実は焦った。平常心を装って振り返る。

「よかった、綾音。あんなことがあったから落ち込んでいるのかと思った。――あのあと秋彦さんと会った？」

綾音は気のない様子で首を振った。

「秋彦さんは来なかったわ。仕方ないよね。女性を追うタイプの人じゃないし。入って」

綾音はドアを開けた。

部屋のインテリアは七実と同じだ。ベッドと小さなテーブルと椅子。チョコレート色とベージュの和風モダンで統一してある。大きな花瓶には鮮やかなオレンジ色の生花が飾られている。

テーブルの上には缶ビールが三つ置いてあった。ふたつは空いている。封を切った柿ピーナツとアーモンドチョコレートもある。さきほどまで誰かと飲んでいた様子である。

綾音はベッドに座り、飲みかけのビールを取った。どうぞと空いていない一缶を七実に勧める。七実は蓋を開け、しばらくふたりは無言でビールを飲む。

「――綾音、今日、秋彦さんと別れるつもりで来たんだよね」

ぽつりと七実が言った。

綾音は小さく肩をすくめた。

「決めていたわけじゃないけど、秋彦さんのほうから切り出してきたら了解するつもりだった。秋彦さん、口では何を言っていたって塔子さんのことが好きみたいだし。そうなったら七実に慰めてもらうつもりだったのよ。ひとりじゃ耐えられないから」

七実は精一杯の共感をこめてうなずいた。

綾音は投げやりではあるが冷静だった。七実はじっくりと綾音の目を見て、聞く態勢になる。

「でも言われなかったね」

綾音は薄く笑った。ピーナッツをひとつ取り、口に入れる。

「秋彦さんて別れたいときは冷たくして、こっちから言い出すのを待つんだって。自分から言うの嫌だから。――あと……そういうプロの人を使うこともあるんだって。塔子さんが言ってた。そんな仕事があるって初めて知ったわ」

「別れさせ屋――だね。別れたい相手に取り入ってふたりでいる写真撮らせたり、うまいこと別れを言い出すように誘導するの」

綾音は意外そうに七実を見た。

「知ってるの？」

「同業みたいなもんだから」

「ああ、そうだったっけ」

綾音は七実がレンタルフレンドであることを忘れていた。慣れた様子で缶ビールに口をつける。お酒が好きなのである。秋彦も好きなのだから隠さなければ相性がいいのにと思う。

蒔田が秋彦の雇った別れさせ屋であることに綾音は気づいていないようだった。七実も言うつもりはない。おそらく蒔田も七実のことを誰にも言わないだろう。同業者の仁義というやつである。

「塔子さんとは前にも会ったことがあったの？」

「まあね。半月くらい前かな。わたしから連絡とったのよ」

綾音は前を向き淡々と言った。

「塔子さんが帰国するってことがわかったら秋彦さんは急に冷たくなった。結婚式の話題にも乗ってこない。チラチラ塔子さんのことをほのめかして、俺のことを本当に理解してくれていたのは塔子だけだったとか言うの。でも別れ話はしないわけよ。こっちから問い詰めるとただの友達だと言う。イライラしちゃって塔子さんの会社に電話して、連絡先残したら向こうから電話かかってきた。塔子さんて仕事できるよね。秋彦さんよりも早い。

最初は秋彦さんとの仲を訊いてみるつもりだったの。もうダメだってことはわかってたけど、婚約破棄ってダメージ大きいでしょ。破談になるならさっさと婚活再開したいし、そのためには秋彦さんの有責だってことをはっきりさせて、できるなら慰謝料もとりたいから。お金じゃなくてプライドと責任の問題ね」

「こんなところで言うのもなんだけど、綾音も仕事できるわよ」

「うん。わたしは事務職だけど、わりと仕事できるほうだと思う。モヤモヤしておくままなのって気持ち悪いのよね」

綾音はこれまでのめそめそした様子が嘘のようにはっきりしている。

顔を洗ったらしく青ざめてもいなかった。きっとこれまでは顔色が悪くなるようなファンデーションを使っていたのに違いない。

「塔子さんは、秋彦さんのことが好きなの？」

七実が尋ねると綾音は噴き出した。

「好きなわけないでしょ。付き合ってたの五年も前だよ。しかも浮気の濡《ぬ》れ衣《ぎぬ》着せられて。塔子さんが退職した理由ってセクハラなんだよ。セクハラ受けた側なのに辞めたんだって。

でもその話をすると、本当は不倫してたんじゃないか、こっちが誘ったんじゃないか、そんな服着るから悪いって言われちゃうんだって。だから言いたくないんだって。ひどいよね」

「塔子さん、美人だからね」

「美人ならではの苦労があるみたい。責めるために会ったのに同情しちゃった。いい人だよね」

綾音は笑ってビールを飲んだ。

「浮気の濡れ衣って言ったよね。秋彦さんは、塔子さんと別れるときにもプロの別れさせ屋を使ったの？」

「誰かの遠縁の友人を紹介されて、ホテルで一緒にいる写真撮られたんだって。ホテルっていってもカフェに行っただけよ。でも秋彦さんも葛野井さんたちも、何を言っても聞いてくれなかった。塔子さんが浮気したということにされて、何がなんだかわからないうちに別れることになってたんだって」

「遠縁の友人――ね」

七実はつぶやいた。

「それから先はわかる。秋彦さんは浮気されて傷ついた可哀想《かわいそう》な男性、塔子さんは不誠実な悪女。悪いのは塔子さん側で、何を説明しても言い訳にとられてしまう――って、そういうわけね」

「そう。そういうのが嫌になってニューヨーク支局に行ったのに、あんな目に遭っちゃった。もうこういうのはうんざりだから、協力してあげるって言われた」

「それで、塔子さんから秋彦さんに連絡をとった――と」

綾音はうなずいた。

「秋彦さんは塔子さんと別れたのを後悔していたから、LINE出したら飛びついてきたって。浮気は許すって言われたって。自分から別れさせ屋まで使って別れておいて、許すも何もないよね。でも、だったら婚約破棄してくれる？　と訊いてもゴニョゴニョ言うだけなんだって。

今日LINE見せてもらったけど、証拠にならないようなことばかり話してる。わたしにも塔子さんにもはっきりしたことを言わないで、回答を引き延ばして、わたしのほうから別れを切り出すのを待ってるんだよ。

秋彦さんてなんでこうなんだろう。なんでも相手からやらせて、自分は責任を取らないようにするのよ。そういうのがすっごくうまいんだと思う」

「うまいっていうか……。勝手に動いてくれるしっかりした女性を探しているんだろうね。綾音のこともそれで気に入ったのかも」

「わたしもそう思う。わたしが友達できないのって性格のせいなのかな。あざといって言われるのよ。そんなつもりはないんだけど。

さっきまで、塔子さんとビール飲みながらここで話してた。秋彦さんが来るとしたら、わたしと塔子さん、どっちを追ってくるんだろうって。どっちであってもお互いが立ち会って、きちんと話し合おうって決めていたけど、結局秋彦さんは来なかったわ」

綾音は寂しそうに手もとのスマホを見つめた。

「塔子さんはどこへ行ったの？」

「仕方ないから最後の手段をとることにした。――あ、ＯＫみたい。塔子さんからＬＩＮＥ来た。七実も行く？」

綾音はスマホの画面を見ながら言った。

ビールを飲み干して立ち上がる。七実も最後の一口を飲んだ。綾音はバッグから化粧ポーチを取りだし、七実の前にパウダーのコンパクトを置く。

「使う？」

「ありがと」

七実は綾音からパウダーとリップグロスを借りた。ふたりは無言で同じ鏡に向かい、化粧を直す。

「どこへ行くの？」

「展望台に秋彦さんを呼び出したの。あそこだったら会いやすいだろうからって」

綾音はすべてを話して落ち着いたらしい。髪を梳《と》かし服を直し、せいせいした表情でドアに向かう。塗り直した唇がつやつやと光っている。これまでに見たことのない鮮やかなピンク色である。


「――会いたいって言ってくれてありがとう。嬉しかった」

街灯の下で秋彦が言っている。

夜の展望台は昼間とは違う空間のようだった。街灯は一本だけしかない。塔子は光を避けるように、道に近い暗がりで秋彦と向かい合っている。

塔子はパーティのときに着ていたドレスのままである。秋彦は少し緊張しているようだった。眩しそうに塔子の胸もとから目をそらす。

「迷ったんだけどね。最後に話しておきたかったから。知っているでしょう。わたしは欲しいものはきちんと欲しいと言っておきたいたちなの。それが手に入るものであろうとなかろうと」

塔子は緊張していなかった。低いがよく通る声で、ゆっくりと言う。

七実と綾音が到着したとき、ふたりはもう展望台の中にいた。綾音と七実はなるべく音をたてないよう、大きな木の陰を忍び足で歩く。

「最後とか言うなよ。俺はそんなふうに思ってない」

「でも結婚するんでしょう。九条さんは素敵な人だし、ふたりに信頼関係ができていることはよくわかった。わたし今日、本当はあなたを奪ってやろうと思ってたの。でもさっきの秋彦の言葉を聞いて、身を引くことを決めたわ」

奪ってやろうと――と塔子が言ったとき、秋彦は一瞬にやっと笑った。

「あれは表向きだよ。ああ言わなきゃ綾音が納得しないから言っただけだ。俺はむしろ塔子の話を聞いて、俺に本当に必要なのが塔子なんだってわかった」

「そうなの？」

塔子が意外そうに秋彦に顔を向ける。

秋彦は眩しそうに目を細める。塔子から目をそらし、うつむくようにして言う。

「最近よく思う。あのまま塔子と付き合っていたら――あのとき受験し直していたら、俺はもうすぐ医学部を卒業して、うちの病院を継いでいたんだろうなって。なんで俺、あのとき頑張らなかったんだろう。塔子がいたらなんでも頑張れたのに」

「わたしが浮気したからだわ。あなたは悪くない。葛野井から聞いたけど、ショックで勉強の手がつかなかったんでしょう。あなただったらどこの医学部にも合格していたはずよ。わたし、あなたの人生を変えちゃったね」

「それはいいんだ。LINEでも言ったけど、もう終わったことだから」

「だけど信じて。わたしは浮気なんかしてないの。――あの人――もう名前も忘れちゃったけど――は、友人の遠縁じゃなかった。医学部の関係者でもなかったし、あのあとで連絡先も全部変えられてしまった。あんなにタイミングよく写真を撮られるのも変よ。わたし、あれは誰かが仕組んだんじゃないかって思ってるの」

「――仕組んだ？　誰が？」

「わからない。あなたのご両親か――もしかしたらミーナかもしれない」

塔子は思い切ったように言った。そこだけ少し声が大きくなった。

うしろから足音がした――と思ったら、ふたりの男だった。葛野井と青柳である。葛野井は手にスマホを持っている。ふたりは七実と綾音を見つけ、不思議そうな顔になった。

七実はすばやく唇に指を当て、静かにするように示す。

「塔子はミーナにやけにこだわるな。なんで？」

秋彦は目を細めた。本当に意外だったようである。

塔子は軽くため息をついた。

「ＬＩＮＥで訊いた通りよ。ミーナの浮気が原因で婚約破棄になったけど、ミーナはできるならあなたと復縁したいと思っていたのよ。だから、わたしとあなたが交際しはじめたのを知って、そういうプロの人を使ったんでしょう。

別れさせ屋って知ってる？　復縁屋、プロ彼氏とも言うらしいけど。そういう職業があるんだって。カップルのどちらかを誘惑して、別れさせるんですって。お金はかかるらしいけど、プロだから演技が巧みで、すっかり騙《だま》されるらしいの。

わたし、わたしに近づいてきたあの人が、そういう人だったと思われてならないの。もしも雇ったとしたら、雇い主はミーナだと思う」

「――それか、葛野井ってことも考えられるな」

秋彦はつぶやいた。七実の横にいた葛野井の肩がぴくりと動く。青柳が葛野井の袖をつかんだ。

「葛野井？　それは考えたことはなかったな」

「葛野井は塔子のことを好きだったんだろう。そういえば塔子と別れたとき、どうして別れたのかしつこく聞きたがった。俺は話したくなかったけど……。今日理由がわかった。ずっとおかしいと思っていたんだ。塔子が浮気なんてするはずがないって」

「その通りよ。わたしは秋彦のことで頭がいっぱいだったもの。浮気をする暇なんてない。また付き合うなら、あのときの誤解を解かないと前へ進めないと思って、あなたを呼び出したの。別れさせ屋――そういう職業があるっていうのは知ってた？」

「名前だけは知ってたよ」

「そういう人って、どうやって頼むんだろう」

「ネットで検索すれば出てくるし、興信所を経由すれば紹介してくれるんじゃないかな」

「そうなんだ。――あなたの家ってよく興信所を使うんだよね。結婚相手や交際相手の素性を調べるのに。怪しい仕事だから、信頼できるところを選ぶのが大事なんでしょうね」

「犯人探しはもういいよ。俺は塔子を信じる。よく考えたら、証拠写真もおかしいと思ったんだ。葛野井が騒ぐから別れたけど、本当は別れたくなかった」

「――秋彦、本当は、医学部受験なんてしたくなかったんじゃないの？　面倒くさかったし、落ちるかもしれないから怖かったんでしょう。でもわたしに言い出せなかった。だからわたしと別れたんじゃないの？　そういったプロの業者を使って」

これまででいちばん優しい声で塔子は尋ねた。

秋彦は黙った。ぎくりとしたようだ。前に向き直り、明かりのついた街を見下ろす。夜の海が月に照らされて光っている。昼間に見たときよりも遠く輝いて見えた。

「綾音のことはなんとかする。そのうち綾音のほうから何か言ってくると思う。そうなったら連絡するよ」

塔子の言葉を聞かなかったかのように秋彦は言った。

塔子は首を振った。

「そのうちなんて待てない。もう結婚式場を決めて、婚約指輪も発注しているんでしょう。わたしとこれからも連絡をとりたいならしっかりと婚約破棄をして、慰謝料を払ってほしいの。あなたにも責任があるし、そうじゃないと九条さんが可哀想でしょう。そのほうがわたしもすっきりするから」

「そうなると、いろいろと面倒なことがある」

「何かを始めるのに面倒じゃないことなんてない。そろそろ覚悟を決めてもいいでしょう。あなたが動くならわたしが手伝う。動かないならこれで終わり。手伝いはするけど、代わってやってあげることはもうしない」

塔子は言った。

秋彦は塔子を見た。目が泳いでいる。何かを言いかけて口を閉じる。

数分の間が空いた。塔子は何も言わない。しぶしぶと口を開いた。

「――わかったよ」

「本当に？」

「うん……。いずれはそういうのもあるかと思うけど……。今はちょっと待って、多分、一カ月か二カ月くらい先には……。それから、慰謝料は要らないんじゃないかな。俺はいいけど、そうなると塔子にとってよくないと思うし」

「――おまえなあ、いい加減にしろよ‼」

割って入ったのは葛野井である。

葛野井は七実の隣にいた。途中で怒りを抑えられなくなったらしく、出て行こうとするのを青柳が捕まえていたのである。ついにこらえきれなくなったらしい。青柳の手を振り切って展望台の中に出ていく。

「ふざけんなよ秋彦、なんだよ別れさせ屋って！　しかもそれ、なんで俺がやったことになってるんだよ！」

「葛野井？　なんで、いつここに来たんだよ！」

「俺だけじゃないよ。みんないる！」

葛野井が叫んだ。

秋彦が振り返った。青柳が気まずそうに出ていき、七実と綾音が続いた。

「これだから金持ちってのは嫌いなんだよ。なんでも金で解決しやがって。同情して損した。

知ってたらあのとき塔子にプロポーズしたのに！　俺の五年間をどうしてくれる」

「――秋彦さん」

怒りを抑えきれない葛野井のうしろから、綾音が進み出た。青柳に口をふさがれて葛野井が黙り、秋彦がはっとしたように綾音を見る。

「ごめんなさい、秋彦さん。わたし、あなたとは結婚できない。もう二度と会わない。顔も見たくないです！」

綾音は目に涙をためていた。信じていた婚約者に裏切られたのだから当然だ。泣きながら叫び、体をひるがえす。

「綾音！」

七実は情感たっぷりに綾音を呼び、そのまま追った。

＊＊

待ち合わせのオープンカフェに着いたのは五分前だったのに、塔子は先に来ていた。

「塔子さん、こんにちは」

七実が席につくと塔子はにこりと笑った。

今日は複雑な透かし模様の入った青のシャツとデニムである。シャツの首もとに、糸のようなシルバーのネックレスをしている。特にお洒落をしているわけでもなく、何気なくコーヒーを飲んでいるだけでも目を引く。華のある女性だと思った。

塔子と会うのは二カ月ぶりだった。綾音が婚約破棄を宣言した翌朝には別荘を去らなければならなかったのである。綾音は連絡をとっていたようだが。七実が塔子とふたりきりで話すのはこれが二度目ということになる。

「どうでしたか。五年越しの復讐《ふくしゅう》をした気分は」

注文した紅茶が来たところで七実は切り出した。

塔子は苦く笑った。

「よくないね。溜飲は下がったけど後味は悪かった。こういうのは向いてないみたい」

「上手でしたよ。プロのわたしが言うんだから間違いないです。もしかしたら本気で秋彦さんと復縁したいのかなと思っちゃいました」

「それはなかったな」

塔子はゆっくりとミルクコーヒーを飲んだ。

「――ミーナの話をしたわよね。秋彦が大学時代から長く付き合っていた子。とても良い子で、秋彦と婚約してたの」

「奪ったんですか？」

塔子は首を振った。

「わたしと秋彦が付き合いはじめたのはふたりが別れたあとよ。ミーナが打算的な浮気女だって噂が流れてね。証拠写真つきで。ミーナと秋彦の婚約は破談になり、ミーナはわたしたちと疎遠になった。わたしは秋彦に同情して、それがきっかけで付き合うことになった。

許せないのは、わたしは秋彦のほうを信じた——ミーナの噂を流す手伝いをしたってことなの。自分は普通の女とは違うって思っていたんだろうね。ひどい思い上がりだった。自分が同じ目に遭ってやっとわかった。だからミーナの代わりに、綾音さんを助けてあげたかったのよ」

「ミーナさんは今、何をされているんですか」

「仕事と育児で忙しくてそれどころじゃないって。今回のことを報告したら笑ってた。大学時代の元彼なんて過去の話でしょう。結局、こういうのって、幸せになるのがいちばんの復讐なんだと思う」

「塔子さんは幸せじゃなかったんですか？」

「うん、あのときは怒っていた。能天気な男たちが憎らしくて。——でもね、今思うと、怒りの対象は秋彦じゃなくて、過去のわたしなのね」

塔子はゆっくりとコーヒーに口をつけた。

「秋彦には申し訳なかったと思ってる。わたしが変えることができるって思い込んで、追いつめた。他人の生き方を変えるなんて簡単にはできない。そのことに気づかなかったんだよね」

塔子は遠くを見つめて言った。

本当だろうかと七実は思う。塔子は秋彦に対して愛情とも友情ともつかない不思議な感情があるようである。もしもあのとき秋彦が塔子の問いに対して正直に答えていたら、結果は違ったのではないか。

「わたしは塔子さんは素敵な女性だと思います。もちろんミーナさんも、綾音もですけど」

塔子はおかしそうに笑った。

「ありがとう。でもわたしは餅《もち》をついたような性格なのよ。よく誤解されるけど。わかるでしょ」

「素敵です。いちばん感心したのはパーティのあとで三階に行くときに、ビールを三缶もらってくれたところですね。あと柿ピーとアーモンドチョコレート」

「そりゃね。三人いるんだから」

「――塔子さん、七実！」

思わず笑い合ったところに声がした。

手を振りながら歩いてくるのは綾音である。今日は綾音から会おうと言ってきたのだった。七実の分はあとから請求書を送ることになっている。

綾音は上品なワンピースを着ていた。髪が少し伸びたようだ。これまでと同じ、清楚《せいそ》で可憐な雰囲気である。

「久しぶり！　元気だった？」

「おかげさまで。いろいろありすぎて元気じゃない暇がなかったわ」

「無事、破談になってよかったね。慰謝料もらえた？」

塔子が尋ねた。気になっていたようである。

綾音はうなずいた。

「慰謝料って名目じゃないけど結婚式と指輪のキャンセル料は秋彦さん持ち。葛野井さんと青柳さんが味方になってくれて。長引くのも嫌なのでそれで手を打ちました。秋彦さんはわたしの二股《ふたまた》だ、浮気だって言い張ってたみたいだけど」

「なぜ？　綾音さん、浮気なんてしてないでしょ」

「わからないです。言ってみたかったんじゃないかな？」

綾音のフルーツティーがテーブルに置かれた。甘い香りがテーブルに漂う。三人は目を合わせてくすくすと笑い合った。

「塔子さんも就職決まったんですよね」

「そう。ネットの映像配信会社の日本文社。そういうのも楽しいかなと思って」

「すごーい。アナウンサーみたいなこともするの？」

「どうかな。いちおう報道記者のつもりだけど、やれと言われたらやるしかない」

「塔子さんならできると思います。それで、わたしの話なんだけど……。結婚することになったの。決まったばかりなんだけど、七実と塔子さんには報告しておこうと思って」

綾音は言った。七実は思わず手を合わせる。

「わー、おめでとう！」

「へー！　早かったね。おめでとう」

「ありがとう」

綾音は少し照れながらフルーツティーを飲んだ。

「多分結婚披露宴やると思うから、ふたりとも来てくれるかな」

「わたしがいいの？　知り合って二カ月だよ」

「いいの。わたし友だちいないから。七実にはお金払うから、ずっと仲がよかったことにしてほしいのよね」

「もちろんいいよ。いちばん得意な仕事。なんなら人数集めるし、恩師のスピーチも用意できるよ」

「本当に？　嬉しい。わたし、結婚披露宴で恩師がスピーチしてくれるのって憧れだったの」

綾音はフルーツティーのカップを置き、ふたりの顔を見た。

「わたし、幸せになる。これも七実と塔子さんのおかげ。ふたりに出会えてよかったわ。ありがとう」

綾音は頰を染め、これ以上ないような笑顔で礼を言った。

初出一覧

●バニラクッキーは砕けない
『とっておきのおやつ。　5つのおやつアンソロジー』
（集英社オレンジ文庫／「レンタルフレンド　デザートブッフェ」より改題）
●赤い花に幻の水
書き下ろし
●臆病な猫を抱く
書き下ろし
●仁義なき女子の歌
書き下ろし

※この作品はフィクションです。実在の人物・団体・事件などにはいっさい関係ありません。

**青木祐子**（あおきゆうこ）
獅子座、A型。長野県出身。
『ぼくのズーマー』で2002年度ノベル大賞受賞。
「ヴィクトリアン・ローズ・テーラー」シリーズ(コバルト文庫)、
「風呂ソムリエ」「これは経費で落ちません！」シリーズ(集英社オレンジ文庫)、
『幸せ戦争』『嘘つき女さくらちゃんの告白』(集英社文庫)他、著書多数。

レンタルフレンド

2021年5月31日　第1刷発行

著　者　青木祐子
発行者　北畠輝幸
発行所　株式会社 集英社
〒101-8050　東京都千代田区一ツ橋2-5-10
03-3230-6268／編集部
03-3230-6080／読者係
03-3230-6393／販売部（書店専用）
印刷所　中央精版印刷株式会社
製本所　加藤製本株式会社

　ISBN978-4-08-790034-7 C0093